— 書き下ろし長編官能小説 —

ふしだら餌づけマンション

河里一伸

竹書房ラブロマン文庫

目次

この作品は、竹書房ラブロマン文庫のために
書き下ろされたものです。

プロローグ

「はぁ、今日のご飯も美味《おい》しかったわぁ」

「本当だよ。賢吾《けんご》のご飯に慣れたら、もうコンビニ弁当や外食頼りの生活になんて絶対に戻れないぞ」

「わたしも、それは思います。賢吾さんのお料理の味って、ただ美味しいだけじゃなくて心が満たされる感じがしますから」

ゴールデンウィーク後半の三連休初日の夜、リビングのソファに移動した内海《うつみ》佳奈《かな》恵《え》と真島《まじま》千咲《ちさき》と宮下《みやした》陽奈《ひな》から、カウンターキッチンで洗い物をしている桜田《さくらだ》賢吾に向けて、そんな称賛の言葉が浴びせられる。

その絶賛に対し、賢吾はなんとも言えない気恥ずかしさを覚えつつ、手を動かしながら「どうも……」と頭を下げた。

この部屋の主《あるじ》である内海佳奈恵は、髪をボブカットにしており、やや垂《た》れ目ながらも目鼻立ちの整ったおっとりした雰囲気の清楚そうな二十九歳の巨乳美女である。しかし、実際の性格は明るくて人懐《ひとなつ》っこく、しかも実は「つみえかな」というペンネームで、月刊のエロ漫画雑誌に連載を持つプロの漫画家なのだ。つい先ほどまで仕事をしていたため、地味なジャージ姿なのが美貌とのギャップを生みだしている。

真島千咲は二十七歳のOLで、背中まで伸びたロングヘアと、吊り目気味な目が印象的な、生真面目そうなスレンダー美女である。ただ、スーツ姿だとひと目でキャリアウーマンと分かるくらいきっちりして見えるのだが、今はタンクトップシャツにキュロットスカートというラフな格好をしている上に、すっかりくつろいでいるため、普段の凜々《りり》しさは鳴りを潜めている。

そして宮下陽奈は、賢吾と大学の同じ科の同期生で、髪をセミロングにして少し幼く見える、お淑《しと》やかそうな美貌の持ち主である。しかし、身長が百五十七センチと三人の中ではもっとも小柄ながらも、長袖のTシャツを持ち上げているバストの大きさは一番で、膝丈より少々短い紺のスカートから覗《のぞ》いている生足が、なんとも眩《まぶ》しく見えてならない。

とにかく、彼女たちの表情からも、今の言葉が単なるお世辞ではなく、各々が本心から満足しているのは伝わってきた。これだけでも、自慢の料理を振る舞った甲斐があると言えるだろう。

　ただ、すっかり自分の料理の虜《とりこ》になった三人の姿に、「餌《え》づけ」という言葉が心をよぎらずにはいられない。

（それにしても、陽奈ちゃんと千咲さんが休みで夕飯を食べられるときは、佳奈恵さんの部屋に集まるのが、お約束になっちゃったなぁ。おかげで、もうこのキッチンも自分の部屋並みに馴染んで、文字通りの「勝手知ったる他人の家」になったような気が……）

　そんな思いが、賢吾の心に湧き上がってくる。

　四人がここに集《つど》うようになって、まだ一ヶ月ほどしか経っていないが、部屋の主の佳奈恵はもちろん、千咲と陽奈もソファでくつろいだ様子を見せていた。それくらい、彼女たちもこの部屋にすっかり馴染んだ、と言えるだろう。

　そんな三人の姿を見ながら、賢吾は食器洗浄機に入れられない汁椀《わん》や鍋などを洗った。そうして、残りの食器類を予洗いしてからビルトインの食洗機に並べ、運転スイッチを入れる。

「賢吾くん、今日もお疲れさまぁ」

「いつも、手伝わなくてゴメン。だけど、あたしたちが下手《へた》に手を出すと、かえって賢吾の仕事を増やしちゃうからさ」

「わたしは、本当なら食器洗いくらいできますけど、賢吾さんの近くだとまだ緊張して失敗しそうだから……」

食洗機の作動音を聞いて、こちらの手がようやく空いたと察した佳奈恵と千咲と陽奈が、口々に声をかけてきた。

賢吾が、彼女たちに食事を振る舞っている理由。それは、いずれも一人暮らしの三人の美女たちが事情や程度は違えど家事、中でも料理を苦手としているからだった。

一方の賢吾は、母親に幼少期から料理の基礎を教え込まれており、自宅にいる頃も母に代わって食事の用意をしていたほどである。

おかげで、大学の春休み期間中に出会った彼女たちからすっかり頼られて、今や基本的に三食すべてを用意するようになっていた。

もちろん、自分のを含《ふく》めて四人分の調理をするのは、いくらまとめて作るといっても、それなりに時間を要する。ましてや、賢吾はサバの味噌煮やブリ大根のように少し手間のかかる料理も、インスタントに頼らず手作りしているのだ。

もっとも、食費や手間賃はしっかり払ってもらっているので、こちらにしてみれば損なことは特にないのだが。

それに、何より……。

「賢吾さん、早くここに座ってください」

と、二人掛けのソファに一人で座っていた陽奈に促《うなが》されて、賢吾はその隣に座る。

すると、彼女はすぐに身体を寄せて、豊満な胸を押しつけてきた。

「ちょっ……ひ、陽奈ちゃん？　いきなり？」

服とブラジャー越しとはいえ、密着されると充分すぎる大きさのバストの存在感は、腕にはっきりと感じて、賢吾は戸惑いの声をあげてしまう。

「だってぇ、大学が始まってから、なんだかすれ違ってばっかりだったじゃないですかぁ？　もっと、賢吾さんと過ごせると思ったのにぃ」

と、巨乳の同期生が甘えた声で応じる。

確かに、大学三年生になって授業回数は激減した。だが、まだ新学年がスタートしてから一ヶ月と経っていないことや、ゼミが本格的に始まってやることが増えたせいもあって、お互い意外なくらい慌ただしい日々を過ごしている。おかげで、同じマンションに住んでいるというのに、陽奈とは食事のとき以外、一緒にいられる時間をなかなか持てずにいた。

「もう。陽奈ってば、すっかり大胆になって。こうなったら、あたしも負けていられないわね」

千咲もそう言うと、陽奈と反対側にやって来て身体を密着させてきた。

美人OLのバストは、三人の中でもっともささやかである。だが、それでも八十センチあるそうなので、衣服越しのふくらみの感触はしっかりと感じられた。

それに、二人掛けのソファに三人で座ると、全体の密着度が否応《いやおう》なく上がる。

陽奈と千咲の乳房の感触だけでなく、体温やほのかな女性の匂い、さらに二人の息づかいといったものも間近で感じていると、牡《おす》の本能が強制的に刺激されてしまう。

「あらあらぁ。賢吾くんのオチ×チン、もう大きくなってきたわねぇ？」

笑みを浮かべてこちらを見ていた美人漫画家が、おっとりした口調でそんな指摘をしてくる。

実際、二人の乳房の柔らかさを両腕に感じて、一物《いちもつ》はズボンの奥でたちまち体積を増していた。

他の男性を知っている千咲と佳奈恵によると、賢吾の分身はかなり大きいほうらしい。そのせいで、勃起するとズボン越しでもテントがはっきり目立つのだ。

「さて、それじゃあ今日は、わたしが最初よぉ」

と言って、部屋の主の漫画家がいそいそとジャージを、続いて中に着ていたシャツも脱いで、パープルのレースのブラジャーを露《あら》わにする。

三人が何を求めているかは、もはや火を見るよりも明らかだ。

（ああ……やっぱり、今日もこうなるのか。僕を求めてくれるのは嬉しいけど、みんな揃った夜は、ほぼ毎回だからなぁ）

そんな思いが、賢吾の心に浮かぶ。

正直、４Ｐも回を重ねて慣れてきたとはいえ、未だに戸惑うことのほうが多い。何より、まとめて三人の相手をすると、こちらは行為が終わったあと疲労困憊《こんぱい》になってしまうため、体力的に厳しいものがある。

とはいえ、彼女たちがここまで積極的なのは、賢吾のペニスにすっかり夢中になっているからなのだ。そう考えると、無下《むげ》にもできない。

（ほんの三ヶ月前まで、僕は女の人とまともに話すこともできなかったのに……まったく、どうしてこんなことになったんだろう？）

賢吾は、今さらのように自分の身に起きた出来事を、しみじみと思い返すのだった。

第一章　女子大生に淫ら餌づけ

1

「はぁ～。僕は、どうしたらいいんだろう？」

寒風が吹きすさぶ二月上旬の夕方、買い物を終えた桜田賢吾は、食材を入れたエコバッグを片手に帰路に就《つ》きつつ、途方に暮れてそう独りごちていた。

実家から大学まで、電車を乗り継いで片道二時間かかるため、賢吾は入学と同時に一人暮らしを始めた。賢吾が住んでいる五階建ての賃貸マンション「コンフォート弥智与《やちよ》」は、東京駅から電車を乗り継いで一時間ほどの関東C県NS市の住宅地にある。各階には、八畳間の1Kが五部屋ずつ、そして六畳二間と十二畳のリビングダイニングの2LDKが一部屋ずつあり、一人暮らしから子供が一人くらいの家族まで住めるようになっている。

ちなみに、駅からやや離れていることなどもあって、１Ｋの家賃は都内と比べてリーズナブルだ。また、賢吾が通う大学からは徒歩で十五分ほどと比較的近いので、こちらとしてはむしろありがたい。それに、ＩＣカードによる電子ロックや内廊下になっているなどセキュリティ面がしっかりしていて、女性の一人暮らしでも安心なマンションなのだ。正直、賢吾も大学入学時にここの１Ｋにたまたま空きがあったのはラッキーだった、と今でも思っている。

ただ、学費や家賃が親に頼り切りなので、生活費くらいは自分でまかなおうと考えて、コンフォート弥智与から徒歩で通える場所にある通信販売の物流センターで仕分けのアルバイトをしていたのである。

ところが昨日、センターで火災が発生し、建物は半焼、中の荷物は燃えたか放水などで、ほぼ壊滅してしまったのだ。

そのため、物流センターは建て直されるまで閉鎖され、当面は他の地域にある場所が使われることになった。ただし、そうなると賢吾のようにそちらに通えない学生アルバイトは、当然の如く仕事を失ってしまう。

大学が春休みに入って、三年生の新学期が始まるまでの間に稼げるだけ稼ごう、と考えていたというのに、その矢先にこんな形で出鼻をくじかれるとは、さすがに予想外と言わざるを得ない。

もちろん、賢吾は堅実な性格なので、既に春休み期間中くらい働けなくても食うに困らない蓄えを作っていた。しかし、だからと言って新学期まで自宅でボーッとしている、というわけにもいくまい。

「とはいえ、どんな仕事をすればいいのやら……」

何しろ、賢吾はもともと人付き合いがあまり得意ではなく、特に思春期以降は母親以外の女性と話すのを大の苦手としていた。いや、苦手というより、つい過度に異性を意識して緊張してしまい、上手《うま》く話せなくなってしまうのである。

そのため、老若男女を問わず人と接する接客業には、まったく自信がなかった。だからこそ、物流センターでの仕分けの仕事はちょうどよかったのである。

ただ、三年生の夏からはインターンシップも始まるので、もうすぐ異性が云々などと言っていられなくなるのも、紛《まぎ》れもない事実だった。

社会人になれば、接客業でなくても否応なく対人関係が多く生じるようになる。当然、女性と接する機会も増えるだろう。苦手だからと避け続けるのも、そろそろ限界なのかもしれない。

何より、賢吾も健全な男子なので、恋人が欲しいとは思っているのだ。もっとも、こちらから告白する度胸はなく、女子からのアプローチもないので、現在に至るまで思いは叶《かな》っていないのだが。

(まずは、アルバイトで多少なりとも女性慣れするべきかな？　でも、やっぱり接客業は緊張しすぎそうだし……)

そんなことを思うと、仕事を失ったショックとも相まって、気持ちがますますどんよりと重くなってしまう。

なんとも陰鬱《いんうつ》な気分のまま、マンションへと戻ってきた賢吾は、エントランスに入ってエレベーター前まで来たとき、ふと足をとめた。

一基だけのエレベーターのほぼ対面に置かれている一人掛けのベンチに、トートバッグを抱えたダウンコート姿の女性が、グッタリした様子で座り込んでいたのである。

「……もしかして、宮下さん？」

俯《うつむ》いていてはっきりしなかったが、彼女の姿にどことなく見覚えがあり、賢吾は思わずそう口にしていた。

すると、女性が緩慢な動作で顔を上げた。

「……あっ。えっと、さ、桜田さん？」

と、彼女が目を大きく見開いて、困惑した表情を浮かべる。

こちらの名を口にしたということは、他人のそら似ではなく、大学の同期生で同じ学科に在籍する宮下陽奈本人で間違いなかったらしい。

しかし、そうして視線が合うと、相手が女性なのもあって、自然に緊張が込み上げてくる。

同じ学科にいるとはいえ、賢吾は陽奈と会話を交わしたことがほとんどなかった。この二年間で彼女と話したのは、何度か挨拶したのを含めても、両手の指の数で足りる程度しかないはずだ。

もちろん、そこまで話していないのは、賢吾が彼女に限らず女子学生と会話すること自体少ない、という要因が大きい。

ただ、一方で陽奈もかなり控えめな性格なようで、自分から男子に話しかけることがほぼないのも一因だろう。

そんな二人では、被《かぶ》っている授業がいくつかあっても、ほとんど会話しないのは当然と言える。

正直、賢吾にとって彼女は、「同じ学科の顔見知り」という以上の関係ではなかった。おそらく、陽奈もそれは同じではないだろうか？

そう考えると、つい声をかけてしまったことに後悔の念が湧いてくる。とはいえ、さすがに今さら知らんぷりもできない。

「えっと……宮下さんは、こんなところで何をしているの？」

賢吾が、内心の動揺を押し殺しながら問いかけると、陽奈はなんとも落ち着かない様子を見せてから、怖《お》ず怖ずと口を開いた。

「あ、その……実はわたし、ここの三階に独りで住んでいて……あの、お腹が空きすぎて、買い物に行こうとしたんですけど、えっと、動けなくなっちゃって……」

予想外の返答に、賢吾は思わず「はぁ？」と素《す》っ頓狂《とんきょう》な声をあげていた。

体調不良ならまだしも、まさか空腹でグッタリしていただけだとは。

「なんでまた、そんな状態に？」

「その、せっかくの春休みだから、ゲームに熱中していたんです。それで、何か食べようと思ったら、もうお菓子のストックすらなくなっていて……」

賢吾の問いに、陽奈が消え入りそうな声で答える。おそらく、空腹で元気がないのもあろうが、我ながら理由があまりに情けない、という羞恥心もあるのだろう。

実際、知り合いでなかったら呆れて放置したくなるような話である。

（どうしよう？　女子と話すのは苦手だけど、さすがに顔見知りをこのままほったらかして部屋に戻るのは気が引けるぞ。とはいえ、僕が買ってきたのは肉とか野菜とか生のものばかりだから、たとえ食材をあげても、部屋で料理しなきゃいけないんだよな。だけど、動けなくなるくらいお腹が空いていたら、そんな気力は……っていうか、そもそも宮下さんって料理ができるのかな？）

そう考えると、執《と》れる手段は非常に限られてくる。

そのため、まだ躊躇《ためら》いはあったものの、賢吾は思い切って口を開くことにした。

「あのさ……僕は五階に住んでいるんだけど、もし嫌じゃなかったらご飯を作ってあげようか？」

こちらの提案に、陽奈が「えっ？」と声をあげて目を丸くする。

「あっ。いや、その、やましい気持ちがあるわけじゃないし、宮下さんが男の部屋に上がりたくないって言うんなら、いったん部屋に戻ってもらって、料理ができたら僕が届けてあげてもいいんだけど？」

賢吾は、言い訳するように慌てて言葉を続けた。

すると、陽奈は少し考えてから意を決したように口を開いた。

「それじゃあ……桜田さんのお部屋に、お邪魔します」

どうやら、彼女は賢吾が自室に来るより、自分が男の部屋に行くほうがマシと考えたらしい。あるいは、もう料理が届くのを待つ気力すらないのか？

「じゃあ、エレベーターに乗るけど、自分で歩ける？」

「その……もう、立ち上がるのも辛くて……」

賢吾の問いに、陽奈が弱々しい声で応じる。

ただ、一人で立つのも難しいのでは、こちらが身体を支えてあげなくてはなるまい。

そう意識するだけで、賢吾の心臓は大きく高鳴ってしまう。

「……えっと、その、僕が身体を支えてあげることになるけど……いいかな？」

こちらが思い切って訊《き》くと、陽奈は「あっ」と小さく息を呑み、それからすぐにコクンと頷《うなず》いた。

賢吾に身体を触られることへの嫌悪感や拒否感は、ひとまずないらしい。それとも、立つ気力も湧かない以上、背に腹はかえられないと割り切ったのだろうか？

許可を得たので、賢吾は彼女に近づいた。

ただ、自分で提案しながらも、賢吾は女性に触れること自体に躊躇《ちゅうちょ》せずにはいられなかった。

(何しろ、女の子に触るなんていつ以来やら、って感じだからなぁ)

もちろん、偶然の接触は何度かある。しかし、自ら触るのは高校のダンスの授業で、同級生の女子の手を握って以来になるかもしれない。もっとも、あのときもせいぜい数秒程度だったはずだが。

そんなことを意識すると、どうしても緊張は拭《ぬぐ》えなかった。

（とはいえ、こうしていても仕方がないし……ええい、触らなきゃ宮下さんを支えられない！　そう。これは、ようするに人助けなんだ！）

と、どうにか気持ちを切り替えた賢吾は、エレベーターの呼びボタンを押した。それから、エコバッグを持ったまま、思い切って彼女に肩を貸す形で身体を支える。

そうして、やって来たエレベーターに二人で乗り込んで五階のボタンを押すと、すぐにドアが閉まった。

（……み、宮下さんの身体からいい匂いが……それに、この感触はもしかして……お、オッパイ？）

動き出したエレベーターの中で、賢吾は黙ったまま内心でそんな焦《あせ》りを感じていた。

肩を貸して身体が密着しているせいか、鼻腔に石鹸の香りが流れ込んでくるのが分かる。おそらく、家を出る前にシャワーを浴びるか、入浴するかしたのだろう。

また、ダウンコート越しながらも、身体同士が触れ合っているところに、男にはないふくよかなものの存在が感じられた。さすがに、厚着なのではっきりしないのだが、バストを覆《おお》う硬いものがあるのと、その奥の柔らかさは微《かす》かに分かる。

（そういえば、宮下さんってけっこうオッパイが大きいんだよな？）

ほとんど話していないとはいえ、同じ科の同期生で必修科目などが一緒ということもあり、賢吾は大学で陽奈の私服姿をちょくちょく見ていた。当然、夏の装いも目にしている。

その記憶の限り、彼女のバストサイズはなかなかのもので、やや小柄なこともあって服の上からもふくらみがかなり目立っていた。

それに、同期の男子の友人が、「宮下って巨乳だよなぁ」と言って鼻の下を伸ばして陽奈を眺めていたことも、一度ならずあった。

ダウンコート越しとはいえ、その大きなバストの感触が身体に伝わってきている。

そう意識すると、自然に胸の高鳴りが増し、股間に血液が集まりそうになってしまう。

（うう、これはヤバイかも……）

そんな焦りを感じつつも、早く離れたいような、もっとこうしていたいような複雑な思いが、賢吾の中に湧き上がってくるのだった。

2

「さて、それじゃあ僕が料理をしている間、ジュースでとりあえず空腹を紛らわしておいて。あっ、一応は少しずつ飲んだほうがいいと思うよ。って、宮下さんは食物アレルギーとか苦手な食べ物とかある？」

座卓にコップを置き、買い置きのジュースを用意した賢吾の問いに、ダウンコートを脱いで長袖のロングワンピース姿になって座った陽奈が、首を横に振る。

「じゃあ、何か食べたい料理のリクエストは？　まぁ、お腹が空いているんなら、手早くできるもののほうがいいと思うけど」

「あ……その、桜田さんにお任せします」

「了解。ふむ、そうだなぁ。好き嫌いが、特にないなら……ちょうど、豚のロース肉を買ってきたし、これで手っ取り早く作れるもの……よし、ちょっと待ってて」

作る料理を決めた賢吾は、エプロンを装着して調理に取りかかった。

陽奈は、ジュースをチビチビと飲みながら、こちらを興味深そうに見ている。

その視線にこそばゆさを感じつつも、賢吾は豚肉を刻んで下味をつけ、調味液を手早く作った。そうしてフライパンを熱し、ごま油を入れてから豚肉を炒め、火が通ったらモヤシも投入して味を絡《から》ませていく。

さらに、そんな作業の合間に買い置きのパックご飯を電子レンジで温め、お湯を沸かしてインスタント味噌汁の準備も進めておく。

賢吾は普段、きちんと米を研いでご飯を炊き、味噌汁も出汁《だし》を取るところからやっており、こうしたインスタント系のものはあまり使わない。だが、アルバイトが長引いて帰りが遅くなったときなどは、さすがにおかず以外は一から作る気にならないため、こういうインスタント食品も数食分は常備していた。

今回は、空腹の陽奈を長々と待たせるわけにはいかないので、手抜きできるところはするのも仕方があるまい。

「よし、豚肉とモヤシの炒め物の完成、と」

フライパンから皿に料理を盛り付け、賢吾がそう独りごちたのと、レンジの終了音が鳴ったのは、ほぼ同時だった。

そこで、パックを出して自分の茶碗と予備の茶碗にご飯を盛り付け、インスタント味噌汁を入れたお椀にもお湯を注《そそ》ぐ。

「お待たせ。できたよ」

料理をお盆に載せて運び、テーブルに並べると、陽奈が「わぁ」と目を丸くして感嘆の声をあげた。それから、待てを命じられた犬のような目で賢吾を見る。おそらく、本当に手をつけていいのか、と思っているのだろう。

「食べていいよ。ただし、味は僕の好みだから、宮下さんの口に合うかは分からないけど」

賢吾がそう言うと、陽奈はようやく箸《はし》を持ち、「いただきます」と口にしてから、おっかなびっくりという様子でおかずに箸を伸ばした。やはり、素人《しろうと》の男子が作ったものがどんな味か、不安なのかもしれない。

そうして、豚肉とモヤシを同時に摘《つ》まんだ彼女は、意を決したようにそれを自分の口に運んだ。

「もぐもぐ……ゴクン。お、美味しいです！」

軽く咀嚼《そしゃく》し、口の中に入れたものを飲み込むと、陽奈が目を大きく見開いて驚きの声をあげる。

（ふぅ、よかった。口に合ったみたいだな）

同期生の感想に、賢吾も内心で胸を撫で下ろしていた。

何しろ、ずっと自炊しているとはいえ、両親以外の人間に料理を振る舞ったのは、これが初めてだったのである。それだけに、己《おのれ》の味つけが他人にどう思われるのか一抹《いちまつ》の不安を抱いていたのだが、どうやら少なくとも陽奈の好みには合ったらしい。

彼女は、それからおかずとご飯と味噌汁を、一心不乱にかき込みだした。

そんな様子を見ながら、賢吾も自分の分を用意し、同期生の対面に座る。

(それにしても、宮下さんは本当に美味しそうにご飯を食べるなぁ。まぁ、お腹が空いているっていうのが大きいんだろうけど……自分の作った料理を、あれだけ夢中になって食べてもらえるのは、なんだか嬉しいぞ)

と思いながら、賢吾も普段より早めの食事を始めた。

しかし、いつもは一人なのに今は対面に人が、いわんや見目麗《みめうるわ》しい同い年の女子がいて、一緒にご飯を食べているというのは、なんとも妙な感じがしてならない。

(いやいや。別に僕は宮下さんと付き合っているわけじゃないんだし、これはあくまでも人助けの範疇《はんちゅう》なんだ)

どうにかそう思い直して、賢吾は彼女から視線を逸《そ》らして食事に没頭した。

そうして、やや時間が経って出されたものを綺麗に平らげた陽奈は、ようやくホッとした表情を浮かべた。

「はあ、ごちそうさまでした。えっと、本当に美味しかったです」

その満足そうな表情と声から考えて、これがお世辞ではなく心からの感想なのは間違いあるまい。

「お粗末さま。それにしても、ゲームに熱中しすぎてたって言っていたけど、いったい何をしていたのさ？」

同じく食事を終えた賢吾は、今さらのように疑問をぶつけた。

自分もゲームは多少するが、寝食を忘れるほど熱中したことはない。それだけに、彼女がどういう理由でそこまで集中していたのか、少々興味が湧いたのである。

すると、陽奈はなんとも気まずそうな表情になって、それから躊躇いがちに口を開いた。

「その……桜田さんは、『フリーダム・フロンティア』ってゲームを、知っていますか？」

「ああ、もちろん。あんまりやってないけど、僕も一応はユーザー登録しているし」

彼女の問いに、賢吾はそう応じた。

パソコンとスマートフォンの両方に対応する「フリーダム・フロンティア」は、五年前に公開されてから現在に至るまで大人気のオンラインゲームである。スタートからの登録ユーザー数は、日本のオンラインゲームでもトップクラスの多さで、熱狂的なファンも数多くいる。

　このゲームには特定のエンディングがなく、プレイヤーがゲーム内でかなり自由に過ごせるのが売りだった。しかも、無課金でも充分に楽しめるのもファンが多い要因である。

　また、プレイヤーはさまざまな職業を選べるが、中でもフィールドに出現するモンスターを狩ってレベルアップし、コインを稼ぎつつランクを上げていくハンター職が一番人気だ。

　賢吾は、大学一年のときに友人の勧めで、このゲームにユーザー登録した。だが、アルバイトなどで慌ただしかったため、あまりプレイする時間がなく、未だに初心者用の街から出て次の街へと移ったところで足踏みしている。

「えっと、わたしは『ミヤビ』っていう名前でプレイしていて……」

「えっ!?　ミヤビって、あの上位ランカーの？」

　賢吾が驚いて訊くと、陽奈が恥ずかしそうに小さく頷いた。

　ハンター職の「ミヤビ」は、おそらく「フリーダム・フロンティア」のプレイヤーなら大半が知っているだろう、と思われるほどの有名キャラである。何しろ、ハンター職のランキングトップ5で唯一の女性なのだ。

ライトユーザーの賢吾でも、その名前は何度も目にしたことがある。だが、そんな有名人の中の人が、目の前の可憐な同期生だったとは、さすがに予想外である。

「……それで、その、昨日から始まったイベントを一番でクリアしようと、おトイレのとき以外はパソコンに張り付いて頑張っていたんですけど、結局二位で……お腹が空いたからご飯でもと思ったら、買い置きがもうすっかりなくなっていて……」

「それで、買い出しに出ようとしたら、空腹のあまりエントランスで動けなくなった、と？」

賢吾がそう引き継いで訊くと、陽奈はいたたまれなさそうに小さくなった。

（なるほどね。しかし、宮下さんが「フリーダム・フロンティア」にそこまで入れ込んでいたなんて……）

同じゲームのユーザーとはいえ、賢吾はそれほど熱中してプレイしているわけではない。そのため、そうまでしてイベントの最速クリアを目指していた同期生の思考は、正直に言えば理解できなかった。

ただ、彼女が動けなくなるほど空腹だった事情自体は、これで納得がいった。

「まぁ、ゲームに夢中になるのは構わないけど、食事と睡眠は削ったら駄目だと思うよ。健康を損《そこ》ねたら、それこそゲームどころじゃなくなるかもしれないし。あと、今回はたまたま僕が声をかけたけど、もしかしたら危ない人に連れて行かれたかもしれないんだからね？」

と、賢吾は座卓の食器を片付けながら、つい注意をしていた。

自炊はもちろん、三食をきちんと食べて、可能な限り規則正しい生活をしている人間からすると、巨乳同期生の生活態度はいささか目にあまる。

それに、エントランスでグッタリしていたとき、もしも誰も助けてくれなかったら、あるいは下心のある男に声をかけられていたら、いったいどうなっていただろうか？

そう考えると、あまりに無防備と言わざるを得まい。

陽奈も、少なからず不甲斐《ふがい》なさの自覚があるのか、言葉もなく俯いてしまった。

（うっ、しまった。思わず、ちょっと強く言っちゃったけど、もしかして宮下さんを傷つけちゃったかな？）

女性慣れしていないこともあり、賢吾は彼女の態度を見てそんな焦りを禁じ得なかった。これで、もしも泣かれたりしたら、本気でどうしていいか分からなくなってしまうだろう。

ひとまず無視して食器をシンクに下げに行くか、すぐにフォローするべきか、迷った賢吾が固まっていると、陽奈が意を決したように顔を上げた。

どうやら、泣くのを堪《こら》えていたのではなく、何か考えをまとめていただけだったらしい。

「あ、あの……不躾《ぶしつけ》なお願いだとは思うんですけど、その、お金を払うので……は、春休みの間だけでも、わたしにご飯を作ってくれませんか？」

予想もしていなかった彼女の言葉に、賢吾は思わず「はぁ!?」と素っ頓狂な声をあげてしまうのだった。

3

「陽奈ちゃん、朝ご飯の用意ができたよ？　あっ、昼ご飯はサンドイッチを冷蔵庫に入れておいたから、区切りがついたらちゃんと食べないと駄目だからね？」

陽奈が住む三〇三号室を訪れた賢吾は、キッチンで作ったオムレツなどを座卓に並べ、パソコンデスクにかじりついてゲームをプレイしている巨乳の同期生に、そう声をかけた。

「はーい。これが終わったら、すぐに行きます」

と応じながらも、上下ともラフなトレーナーを着た彼女は、大きな液晶モニターから目を離すことなく、ひたすらゲームを続けている。なんでも今は、レアな強敵モンスターを単独攻略している最中らしい。

陽奈は、「フリーダム・フロンティア」をするのに、高性能のデスクトップパソコンと二十七インチの４Ｋ液晶モニターを使っていた。当然、スマートフォンの画面とは大きさも解像度も段違いで、キャラクターやモンスターの動きも比べものにならないほどスムーズである。

ちなみに、普段はヘッドホンで外音をシャットアウトして、ゲーム世界にもっと没頭するらしいが、今は賢吾が来ていることもあってスピーカーから音を出している。

これが、ハンター職の全国ランキング上位にいる人間のプレイ環境ということか。

賢吾のように、スマートフォンでたまにプレイするだけのライトユーザーとは、まさに雲泥の差と言える。

（だから、陽奈ちゃんも僕に「一緒にやろう」って言わないんだろうな。まぁ、実力的に大人と子供くらいの差があるし……それにしても、いつの間にか「賢吾さん」「陽奈ちゃん」呼びにも慣れて、この生活が当たり前になっちゃった感じだなぁ）

プレイを続行する彼女の横顔を見ながら、そんなことを思って肩をすくめてしまう。

二週間ほど前に陽奈から出た、「春休みの間だけでも、ご飯を作って欲しい」という唐突な要望を、賢吾は最終的に受け入れていた。

何しろ、二人分の食費だけでなく手間賃も出してくれるというのだから、ちょうどアルバイト先を失ったばかりの人間にとっては、渡りに船のような非常にありがたい話だったのである。

それに、彼女の事情を聞いてしまってから、無関係を装うのもいささか難しかった。

なんでも、陽奈はもともと大学に入ってから昨夏まで、別のマンションで一人暮らしをしており、その頃は一応、自炊をしていたそうである。

ところが、昨年の夏休みにうっかりゲームに夢中になって、ボヤを出してしまったのだ。本格的な火災に至らなかったのは不幸中の幸いだったが、部屋は使いものにならなくなり、彼女はコンフォート弥智与に転居してきたのである。

しかし、ボヤとはいえ火事を起こしかけたのがトラウマとなって、陽奈は火を使った料理をまったくできなくなってしまった。とにかく、ＩＨコンロすら怖くて使えなくなり、今は洗い物のとき以外、キッチンにほぼ立てない状態らしい。そのため、食事はだいたい外食、またはスーパーやコンビニの弁当などで済ましている、とのことだった。

ただ、陽奈は賢吾以上に人見知りをするためアルバイトが難しく、生活費も親に頼り切っていた。もっとも、父親が中堅企業の社長なので、一人暮らしの娘の面倒をまるっと見るくらいは問題ないらしいが。

とにかく、彼女としてはゲームに没頭しつつ、食事の心配もせずに済むようになるのだから、賢吾への提案は一石二鳥、いや、生活習慣の乱れをある程度正すことも含めると、一石三鳥だったのである。

これだけのメリットがあるなら、お金を払うのも惜しくないと思っても、まったくおかしなことではあるまい。

もっとも、男が女性の部屋に足繁く通ってご飯を用意するなど、他人からは「通い妻」ならぬ「妻問婚《つまどいこん》」と勘違いされかねない。

もちろん、陽奈は賢吾の好みのタイプなので、交際していると誤解されても困らないが、彼女のほうは迷惑なのではないだろうか？

そんな懸念と、女性全般への苦手意識もあって、賢吾も最初は巨乳同期生の申し出を断ろうとした。

しかし、機先を制して「桜田さんのお料理、すごく美味しかったので」と目を潤《うる》ませながら言われては、さすがに強く拒むのは難しい。

結局、賢吾は流されるように了承し、基本的には朝と晩、特に朝食は別々に作るのが面倒だからと、陽奈の部屋で一緒に食べるようになったのだった。

そうしているうちに、いつまでも姓で呼び合うのもおかしい気がして、「陽奈ちゃん」「賢吾さん」と呼び合うようになったのである。

ちなみに、ICカードを登録してもらったので、賢吾は今、彼女の部屋に自由に出入りできた。これは事実上、合い鍵を預けられたのと同義と言える。

それくらい信頼された、と思いたいが、実際は賢吾が部屋に来るたびゲームを中断したくない、というのが巨乳同期生の言《げん》だった。

これが、彼女の警戒心が足りないからなのか、それともこちらを「異性」として見ていないからなのか、あるいは変なことをしないという信頼故なのかは、さすがに見当がつかない。

（とはいえ、まさか僕が女の子の部屋で朝ご飯を作って、一緒に食べるようになるなんて……）

今さらのようにそんなことを考えると、胸の高鳴りを覚えずにはいられない。

料理こそできなくなった陽奈だが、掃除や洗濯は人並みにできるため、室内は一応、人様を入れても恥ずかしくない程度には片付いていた。

ただ、パソコンや液晶モニターを備えたデスクの横には、シングルベッドが置かれており、備え付けのクローゼットもある。当然、今ゲームに熱中している彼女はここで生活しているわけで、睡眠や食事はもちろんのこと、着替えもこの部屋の中でしているのだ。

　そう意識すると、未だに緊張せずにはいられない。

「ふう、やっと終わりましたぁ。ごめんなさい、お待たせしてしまって」

　間もなく、陽奈が安堵の吐息をつきつつ椅子の背もたれに寄りかかり、すぐに立ち上がった。そして、こちらにやって来て賢吾の前に座ると、彼女はオムレツを見て目を輝かせた。

「わあ。綺麗な形のオムレツ。それに、サラダとコンソメスープ。今日は、洋食なんですね？」

「まぁね。たまには、こういう朝食もいいかと思って。あっ、オムレツの中にチーズを入れているから、腹持ちはそこそこいいと思うよ」

「そうなんですか？　なんだか、ホテルで出てくるものみたい。賢吾さん、本当にすごいです」

　と、美人の同期生から尊敬の眼差しを向けられると、まだこそばゆさがあるものの喜びも湧いてくる。

「あ、ありがとう。さあ、早く食べようよ」

「はい。いただきます」

賢吾が促すと、陽奈は素直にそう言って、オムレツに箸を入れた。

その仕草一つ取っても、彼女はとても上品で、中堅企業とはいえ社長令嬢としての育ちのよさが窺《うかが》える。また、賢吾の呼び方を名に切り替えてなお言葉遣いが丁寧語なのも、親の教育の賜物《たまもの》だそうだ。

ただ、そういう上品さの割に、着ているのがパジャマにも使えそうなトレーナーの上下ということで、仕草と見た目のギャップの大きさを痛感せずにはいられない。

「うわあ。溶けたチーズが、中から出てきて……」

と目を丸くしつつ、彼女はオムレツにチーズを絡めると、ケチャップを軽くつけて口に運んだ。

「もぐ、もぐ……んんっ、美味しいです！　卵とチーズが絡んで、ケチャップの味も混じると、お口の中がすごく幸せになります」

そう言って笑みを浮かべた陽奈に、賢吾は胸の高鳴りを抑《おさ》えられなかった。

(僕、やっぱり陽奈ちゃんのことを好きになったのかも……？)

今さらのように、そんな思いが心に湧いてくる。

何しろ、陽奈は充分に賢吾の好みの範疇に入る美貌の持ち主だし、胸が大きいのもポイントが高い。それに、少々オタク気質ではあるものの、控えめで素直な性格も好ましく思える。おまけに、お互い名前呼びをするくらい親しくなったのだ。

正直、もしも彼女から交際を申し込まれたら、悩むまでもなく首を縦に振るだろう。

そんな女性と、１Kの部屋で二人きりなのに何もせずにいるのは、朝しか一緒に食事をしないことと、賢吾に女性に手を出す度胸がないことが大きかった。

何しろマンションなので、さすがに朝の八時台から欲情して騒ぎを起こす気にはならない。また、何より不同意で事に及んで、一時の欲望を満たす代わりに失うものの大きさを考えると、迂闊《うかつ》なことなどできるはずがあるまい。

ただ、賢吾は普通に異性に興味があり、性欲も旺盛な大学生である。最近は、自室での孤独な指戯のとき、目の前の同期生を思い浮かべることが増えている、という事実もあった。

もし、夜にこうして飲食を共にしていたら、果たして今のように理性を保てるだろうか？

そんなことを考えながら、賢吾は彼女から目を逸らして、胸の高鳴りを誤魔化すように自作のオムレツを口に運ぶのだった。

4

「やれやれ。ちょっと遅くなっちゃったよ。まさか、レジでトラブルが起きるなんてなぁ」

その日の二十時頃、賢吾は保存容器に入れた夕飯のおかずを持って、そうボヤきながら陽奈の部屋に向かっていた。

普段なら、もっと早く料理を持っていくのだが、最寄りのスーパーでネットワーク障害が発生して、突然レジが使えなくなってしまったのである。そのため、手動での会計になったものの終わるまで一時間以上かかり、玉突き的に料理を作る時間も遅くなったのだった。

もっとも、遅れる旨は陽奈に連絡しているので、心配をかけることはあるまい。それに、チーズなど軽くつまめるものを彼女の部屋の冷蔵庫に入れてあるから、以前のように空腹で動けなくなる可能性もまずないだろう。

そんなことを考えながら、三階に下りていつものように陽奈の部屋に入る。

「陽奈ちゃん、遅くなってゴメン。晩ご飯を持ってきたよ」

「あっ。今、ちょっと手が離せないので」

賢吾が玄関から声をかけると、緊迫した声でそんな返事が返ってきた。

キッチンと部屋を仕切る引き戸の向こう側からは、攻撃の効果音やＢＧＭが聞こえている。

賢吾が来ると分かっていたため、陽奈はヘッドホンこそしていないものの、相変わらず「フリーダム・フロンティア」に熱中しているらしい。

（そういえば、今はハンター向けのランク別イベントをやっているんだっけ。僕の実力じゃ、あっという間に負けそうだからやってないけど）

今日のイベントは、事前参加登録をしたプレイヤーたちが、レベルごとに初心者・中級者・上級者に分かれて勝敗を競う、バトルロイヤル方式の対戦である。

なんでも、まず十人ずつに分けられたグループ内で戦い、勝ち残った一人だけが次のステージに進んで、さらにバトルロイヤルを行なうのを上級者は三回やって、決勝の十人を選抜するらしい。

基本的に、「フリーダム・フロンティア」でプレイヤー同士が戦う場合、一対一の決闘か複数同士のパーティー戦になる。そのため、バトルロイヤルは特定のイベントのときしか行なわれない。

ちなみに、バトルロイヤルは勝つと経験値やボーナスポイントが多く入るため、初心者のレベル上げにはちょうどいい。そして、陽奈のような上級者にとっては、複数のプレイヤーとまとめて腕試しができる機会でもあった。

「とりあえず、どんな状況か確認しておくか」

と独りごちて、賢吾はキッチンから部屋に入った。

晩ご飯は一緒に食べないものの、プレイがあと少しで終わりそうなら、おかずを鍋で温め直して出したほうがいいだろう。まだ時間がかかりそうなら、容器ごと置いていき、手が空いた時点で自分で電子レンジを使って温めてもらえばいい。

その判断をするためにも、同期生のプレイ状況は確認しておきたい。

案の定、陽奈は相変わらずのトレーナー姿で画面に集中し、マウスとキーボードを素早く操作していた。

プレイの邪魔をしないように、こっそり後ろに回り込んで斜め横から画面を見ると、ちょうど彼女が操るミヤビが、敵の攻撃を躱《かわ》しざまに大剣を振ったところだった。しかし、相手も素早い動きでそれを避ける。

「おおっ、スゲー」

スマートフォンでは、絶対にできそうにない双方の動きの見事さに、賢吾は思わず感嘆の声をあげていた。

ただ、既に残っているのはミヤビと今の対戦相手だけのようだった。どうやら、他のプレイヤーはとっくに脱落したらしい。

「あれ？　もしかして、この相手ってクロフト？」

軽装で双剣の相手キャラを見て、賢吾はそう独りごちるように言っていた。

クロフトは、「フリーダム・フロンティア」のハンターランキング一位のキャラクターで、機動力の高さに定評がある。

ちょうど今は、ミヤビとクロフトによる正真正銘の決勝戦の真っ只中だったようである。

攻撃を避けたクロフトが距離を取ったとき、陽奈がマウスとキーを素早く操作した。すると、画面上のミヤビが意表を突くように猛スピードで相手に迫った。そして、大剣を横薙ぎに振る。

その攻撃がクリーンヒットし、クロフトのＨＰ表示がたちまち０になって、その姿が消えていく。

そして、彼が完全に消滅するとスピーカーからファンファーレが流れ、液晶モニターにデカデカと「Ｖｉｃｔｏｒｙ」の文字と王冠が現れた。続いて、「Ｃｈａｍｐｉ on ミヤビ」と表示される。

「やりましたぁ！　とうとうクロフトさんに勝って、優勝できました！」

と、陽奈が飛び上がって歓喜の声をあげた。

全国でも一桁に入る上位ランカーの彼女だが、なんでも今までイベントで優勝したことがなかったらしい。

賢吾が少し前に聞いた話では、「僅差の二位や三位は、何度もあるんですけど」とのことだったが、遂にその壁を打ち破ったのである。しかも、今まで対戦で一度も勝ったことがない、と言っていたクロフトを倒しての優勝である。

いつもは控えめな同期生が、ここまで感情を露わにして喜ぶ姿は、賢吾も初めて目にしたものだ。それくらい、嬉しかったのだろう。

「おめでとう、陽奈ちゃん」

「ありがとうございます、賢吾さん！」

こちらが祝福すると、興奮冷めやらぬ様子の陽奈が、喜びの声をあげて飛びつくように抱きついてきた。

ただ、賢吾はまさか感極まった彼女がこのような行動に出るとは、まったく想像もしていなかった。いくら小柄で体重が軽い女性とはいえ、こうして不意打ちで抱きつかれると、さすがにバランスを保つのが難しい。

突然のことに、「うわっ」と声をあげた賢吾は、よろめいた拍子にベッドに押し倒されるように倒れ込む羽目になった。

賢吾が倒れるとは考えていなかったのか、陽奈も「きゃっ」と驚きの声をあげる。

二人の今の体勢は、巨乳同期生が自分のベッドに賢吾を押し倒して抱擁しているような形だった。

このように正面から密着すると、トレーナーとブラジャー越しではあるが、肩を貸したときよりも大きなバストの感触がはっきりと伝わってくる。

彼女は自分の体勢に戸惑ったのか、顔を上げてそのまま固まっていた。

（ひ、陽奈ちゃんの顔が、ものすごく近くに……）

同い年の女性の美貌を間近で見て、賢吾の胸は今さらのように大きく高鳴っていた。

同時に、これまで我慢してきた欲望が、ムラムラと込み上げてきてしまう。

とうとう気持ちを抑えられなくなった賢吾は、陽奈の背中に手を回してその身体を抱きしめた。

すると当然、彼女の胸の感触がよりはっきり感じられるようになる。

こちらの行動に、陽奈は「えっ!?」と驚きの声をあげ、身体をあからさまに強張《こわば》らせた。しかし、それでも逃れようとしないのは、受け入れる気があるのか、それとも頭が真っ白になって身動きが取れなくなったからか？

とはいえ、今さら女性に気を使って行為をやめることなど、とてもできっこない。

賢吾は、体を入れ替えて陽奈をベッドに仰向《あおむ》けにした。そして、顔を近づける。

すると、こちらが何をしようとしているか察したらしく、彼女が息を呑んだ。が、すぐに意を決したように目を閉じる。

そんな美人同期生に、賢吾はさらに顔を近づけた。そうして、唇を重ねる。

途端《とたん》に、彼女の口から「んっ」と小さな声がこぼれ、こちらの唇にプリッとした感触が広がった。

（こ、これがキス……僕、陽奈ちゃんとキスして……）

という思いが、賢吾の心に湧き上がり、同時に感動で胸が熱くなってくる。

ひとしきりそうしてから、いったん唇を離す。すると、目を開けた陽奈と視線がぶつかった。

彼女の目は潤んでおり、頬《ほほ》も紅潮している。

「はあ……賢吾さんとキス……ファーストキスが、賢吾さんとぉ……」

陽奈が、そんなことを口にする。

その言葉を聞いて、賢吾の中に多少は理性が戻ってきた。

「あっ。えっと……その、なんか強引にしちゃって……あの、嫌だったかな？」

「い、いえ、その……嫌じゃなかった、と言うか……賢吾さんでよかった、です」

賢吾の罪悪感交じりの問いかけに、彼女がしどろもどろになりながら応じる。

どうやら、やや強引にキスをしたことに対して、怒りのようなネガティブな感情は抱いていないらしい。

（ということは、陽奈ちゃんも僕のことが好きなのかな？　まぁ、もしも嫌いなら、いくらご飯のためとはいえ、ほぼ毎日部屋に来るのを許したりしないだろうけど）

そう考えると、キスより先のこともしたい、という気持ちがフツフツと湧き上がってくる。

「陽奈ちゃん、その、もっとしてもいいかな？」

「えっ？　あっ、えっと……は、はい。でも、その、わたし、あの、は、初めてなので……」

賢吾の問いに、彼女が言い淀みながらもそう答えた。

性的な知識に疎《うと》そうな陽奈も、さすがに今どきの女子大生だけあって、「初体験」という概念などは持ち合わせていたらしい。

「あっ。えっと、僕もキスしたのも初めてなんだ。だから、上手にできないかもしれないけど……」

「そう、なんですね？　賢吾さんと一緒に、初めてを……わたし、嬉しいです」

こちらの言葉に、陽奈がそう応じて表情をやや緩《ゆる》めた。まだ緊張している様子はあるが、賢吾も初めてなのを心から喜んでいるのが、なんとなく伝わってくる。

ただ、彼女が受け入れてくれたと分かると、湧き上がる欲望を本当に抑えられなくなってしまう。

賢吾は昂《たかぶ》る牡の本能のまま、改めて同期生に唇を重ねていた。

5

「んっ、んっ……ふはっ。はぁ、はぁ……」

口を合わせるだけのキスを終えて唇を離すと、陽奈が大きく息をついて目を開けた。

そうして、恥ずかしそうにこちらを見た彼女の瞳が潤んでいるのが、やけに煽情的に思えてならない。

その昂りと欲望に任せて、賢吾はトレーナーに手をかけて一気にたくし上げた。すると、量販店で売っていそうなシンプルなデザインの、淡いピンク色のブラジャーに包まれたふくらみが露わになる。

眼前の光景に、賢吾は息を呑んで見入っていた。

陽奈のバストはボリュームがあるので、仰向けになっていても存在感がある。そのため、シンプルな下着姿でも充分に肉感的で、牡の興奮を煽《あお》ってやまない。

「こ、こんな下着で……恥ずかしいです……」

(あっ、ヤベ。ついつい、呆《ほう》けていたよ)

陽奈の消え入りそうな言葉を聞いて、見とれていた賢吾はようやく我に返った。

さすがに彼女も、まさか今日、こんなことをする羽目になると思っていなかったのは間違いない。そもそも、お洒落な下着などゲームのときは不用なので、着《つ》け心地を優先してシンプルなブラジャーを着用していたのだろう。

ただ、こうして男に見られるのなら、もう少しいい下着を着用しておくべきだったと考えるのは、女性ならば当然の思考かもしれない。

しかし、異性の下着姿を生で見たのが初めての童貞青年には、これでも充分に刺激的だった。

今までも、写真画像やアダルト動画で下着の女性を目にしたことは何度もあった。

だが、現実の生々しい色っぽさは、やはり画面越しや雑誌とはまるで違うように思えてならない。

何より、陽奈のブラジャー姿なのだから、着用しているものがシンプルであろうが、感動も混じって興奮せずにはいられなかった。

とはいえ、健全な性欲を持つ童貞男が、思い人の生下着姿を見ただけで満足などできるはずがない。

賢吾は、心臓が破裂しそうなくらい高鳴るのを感じながら、胸に手を伸ばした。

そうしてブラジャーに手をかけると、自然に乳房に触れてその感触が伝わってくる。

(わっ。これだけで、弾力と柔らかさが……)

このたわわなものを揉《も》みしだいたら、いったいどれほど気持ちいいだろうか？

そう思っただけで、鼻血が出そうなくらい頭に血が上ってしまう。

それでも賢吾は、欲望と好奇心のままに、ふくらみを包む下着をたくし上げた。

すると、二つの大きな果実がプルンと音を立てんばかりにこぼれ出てくる。

それを見た瞬間、賢吾は「うわぁ」と感嘆の声をこぼしていた。

女性の生の乳房を目の当《ま》たり《あ》にしたのは、少なくとも小学校に上がって以降は初めてのことである。

仰向けになっていても半球型を保っている整った白いバストと、その頂点にあるピンク色の突起と淡い輪郭のコントラスト。それは、賢吾にはある種の芸術作品のように美しく見えてならなかった。

陽奈のほうはというと、胸を見られて恥ずかしいのか、顔を背《そむ》けて目をギュッと閉じ、身体を強張らせている。

ただ、そんな姿も今はなんとも愛らしく、また情欲を掻き立ててやまない。

その昂りのまま、賢吾は改めて乳房に手を伸ばした。そして、ふくよかなふくらみを鷲摑《わしづか》みにする。

すると、顔を背けた陽奈が「んあっ」と声を漏らして、身体を力を入れた。

それと同時に、柔らかさと弾力を兼ね備えた生温かな感触が、手の平いっぱいに広がる。

（うほぉ！　こ、これが本物のオッパイの手触り……）

賢吾は、思わず涙が溢《あふ》れそうになるほどの感動を抑えきれずにいた。

ブラジャーと服を挟んだ感触は知っているが、じかに触れるのはやはりまったく違うと言わざるを得ない。

何より、手の平全体でしっかりと包むように触っているのだ。しかも、今日まで想像することしかできなかった女性の、いわんや陽奈の乳房の感触である。

それに、彼女のバストには賢吾の手でも包みきれないボリュームがあるのだ。

これほどのものに、童貞の自分が男性では初めて触れたという事実は、まるで夢でも見ているかのようだった。しかし、今までに感じたことのないこの手触りは、想像では絶対に得られないので、これが現実だと否応なく分かる。

（ううっ。もう我慢できない！）

己の気持ちを抑えられなくなった賢吾は、欲望のまま指に力を込めて、乳房を揉みしだきだした。

途端に、陽奈が「んああっ！」と甲高《かんだか》い声をあげたが、今はそれを気にする余裕もない。

（これが、生オッパイの感触か！　柔らかいだけじゃなくて、弾力もあって、すごく温かくて……こんなにいい手触りのもの、初めて触った！）

賢吾の心は、一瞬で同期生のバストの虜になっていた。

実際、彼女の胸は柔らかさと弾力のバランスが非常にいい。しかも、手の平からこぼれそうな大きさがあるおかげで、実に揉みごたえがある。

それだけに、ついつい指に力が入りすぎてしまう。

「あんっ、んんっ！　あっ、んっ、んむうっ……！」

陽奈は、懸命に唇を噛んで、愛撫に合わせてくぐもった声を漏らしていた。おおかた、大声を出して廊下や隣室や上下階に聞かれてしまうのを気にしているのだろう。

だが、廊下はキッチンを挟んだ向こう側で、ベッドの位置と反対なので、よほど大声を出さない限り声が聞こえる心配はあるまい。

隣室や上下の階に関しても、コンフォート弥智与は作りがしっかりしていて、賢吾も今まで物音などが気になったことはなかった。もっとも、最上階住まいなので上の階の音が下の階にどう響くかは分からないのだが。

とにかく、多少の喘《あえ》ぎ声程度ならば、おそらく問題あるまい。

興奮で朦朧《もうろう》としながらも、賢吾はそんなことを考えて、さらにふくらみの感触を堪能した。

そうしているうちに、賢吾は手の平に当たる硬いモノの感触が変化したのを感じた。

そのため、いったん手を離すと、同期生が「んはあっ」と大きく安堵の吐息をつく。

彼女の胸を見ると、いつの間にか頂点にあるピンク色の突起が、先ほどより存在感を増していた。

それを見た途端、「しゃぶりつきたい」という欲求が湧いてきたのは、人というよりも哺乳類の本能なのかもしれない。

理性のブレーキが利かなくなっている賢吾は、欲望のまま乳首を口に含んだ。そして、チュバチュバと音を立ててそこをしゃぶりつつ、乳頭を舐《な》め回しだす。

「んはあぁっ！　んんっ、んむっ、んんんっ！　んっ、んむうっ、んんっ……！」

敏感な部位を舌で刺激された陽奈が、一瞬だけ甲高い声をあげ、慌てた様子で自分の口を手で塞《ふさ》いだ。そうしないと、もう声を抑えられないと判断したのだろう。

賢吾のほうは、もはや彼女の状況をあれこれ考えることもできず、本能の赴くままにひたすら乳首を責め続けた。

「んんんっ！　んむうっ、んっ、んむふうっ！　んんっ、んあっ、んむうっ、んふう、むむうっ……！」

しばらく行為を続けていると、陽奈の口からこぼれ出る声に甘いものが混じり始めたような気がした。声がくぐもっているため、正確には分からないものの、朱に染まった表情もどことなく陶酔しているように見える。

（もしかして、気持ちよくなっている？）

そうだとしたら、自分の初めての愛撫で美人同期生が感じてくれている、ということになる。

そのように考えただけで、乳首への愛撫をしている賢吾の興奮は、ますます高まってきた。ただ、それと共に新たな欲求が湧き上がってくる。

（早く、陽奈ちゃんと一つになりたい！）

童貞でも、アダルト動画やエロ漫画でセックスの知識は得ているし、いつも行為のことを考えて孤独な指戯に励んできた。それに何より、この生物としての原始的な本能とでも言うべき情動は、そうそう抑えられるものではない。

そのため、賢吾は名残惜しさを感じつつも乳首から口を離し、身体を起こした。

胸からの刺激がなくなり、陽奈が「んああ……」と安堵混じりの吐息を漏らす。口を塞いでいたとはいえ、愛撫を受けながら声を殺すのはなかなか大変だったのだろう。

そんなことを漠然と思いつつ、賢吾は同期生のトレーナーのズボンに手をかけた。

そして、彼女が口を開くより先に腰を持ち上げつつ、一気に足首まで引き下げて、ブラジャーと同じ色とデザインのショーツを露わにする。

（うわぁ。陽奈ちゃんの下着姿が……）

ズボンを足から抜き、床に落とした賢吾は、つい陽奈の姿に見入っていた。

インドア派らしい白い肌と、ピンク色のショーツという色の組み合わせは、意外なくらいのエロティシズムを感じさせる。それに、たくし上げられたブラジャーから二つの果実が見えているのも、なんとも煽情的に思えてならない。

だが、本能の求めを満たすには、ここで動きを止めているわけにはいかないのだ。

その衝動のまま、賢吾は女性のもっとも大事なところを隠す布に手をかけた。

すると、陽奈が「んあっ」と声をあげて、身体を強張らせる。さすがに、こちらの意図を悟ったらしい。

しかし賢吾は、構わずショーツを引き下げて足から抜き取った。そうして、ズボンと同様に床に落としてから、彼女の下半身に改めて目を向ける。

「……こ、これが本物のオマ×コ……」

そこを見た瞬間、賢吾は思わずそう声を出していた。

合法のアダルト動画やエロ漫画では、モザイクや墨で隠されている部分が今、眼前で見えているのだ。

もちろん、裏の無修正物では何度か見たことがあるものの、生で目にしたのは当然初めてである。

自分で弄《いじ》ることも滅多にしていないのか、淡い恥毛に覆われた男を知らない彼女のそこは、一本の筋のようになっていた。しかし、それがなんとも淫靡《いんび》な光景に思えてならない。

しかも、割れ目からはうっすらと蜜がにじみ出ていた。これは、愛撫のおかげだろうか？

まさか、女性と話すのもままならなかった自分が、本物の女性器を目にできるときが来るとは、それも処女の陽奈のものを見られるとは、まったく思いもよらなかったことである。

もちろん、今が現実とは分かっているが、まだ夢見心地のような気分になってしまうのは仕方があるまい。

ただ、巨乳同期生のもっとも恥ずかしい部分を見たことで、賢吾の分身はズボンの奥で限界までいきり立ってヒクついていた。

そのせいで、一秒でも早く彼女と一つになりたい、という本能的な欲求をまるで我慢できない。

そんな興奮に支配されたまま、賢吾はいそいそとズボンとパンツを脱ぎ捨て、自分の下半身を露わにした。

「きゃっ。そ、それが男の人の……」

いきり立った一物を見た陽奈が、息を呑みつつそう口にして、怯《おび》えた表情を見せる。

いくら人見知りするとはいえ、彼女も今どきの女子大生なので性的な知識を持ち合わせており、ペニスについてもある程度は知っていたに違いあるまい。だが、こうして勃起したモノを目の当たりにしたことは、さすがになかったのだろうから、この反応も仕方がないと言える。

しかし、こちらも同期生に遠慮して、行動を止められる状態ではなかった。

「い、挿《い》れるよ？」

緊張しつつ賢吾がそう声をかけると、陽奈が強張った面持《おもも》ちのまま頷いた。

さすがに、彼女も言葉の意味はしっかり理解しているらしい。

そこで賢吾は、同期生の脚の間に入って、秘裂に肉棒の先端をあてがった。

すると、陽奈がやや焦った様子で自分の口を手で塞ぐ。

その姿を見つつ、賢吾は本能のまま腰に力を込めて分身を割れ目に押し込んだ。

途端に、陽奈の口から「んんんっ！」とくぐもった声がこぼれ出る。

構わず生温かなところを進んでいくと、すぐに侵入を阻《はば》むような抵抗があって、賢吾はいったん動きを止めた。

しかし、まだペニスは先が入った程度で竿があらかた見えているので、ここが最深部ということはあるまい。

興奮で朦朧《もうろう》としたまま、そう判断した賢吾はさらに腰に力を込めた。

同時に、先っぽに何かを破るような感覚があり、陽奈が「んぐううっ!!」と苦しそうな声をあげて、苦悶の表情を浮かべながら身体を強張らせた。手で口を塞いでいなかったら、マンション中に響くような大声が出ていたかもしれない。

そんなことを漠然と考えながらも、賢吾は牡の本能のまま一物を奥へと推し進めていった。

そうして先に行くにつれて、生温かく狭い膣道に分身がどんどんと包み込まれていく感覚が、なんとも心地よい。

だが、その途中で賢吾は自分の腰に生じていた熱が、抑えようのない状態にまでふくらんだことに気付いた。

（あっ、ヤベ。出そう……）

もともと、激しく興奮していたのに加えて、ペニスに伝わってくる膣肉のあまりの気持ちよさに、射精感が限界寸前になってしまったらしい。

しかし、どうしていいか分からず、そのままペニスを先に進めていく。

すると間もなく、奥に到達したらしく、今までかき分けるような感覚だった先割れの唇に、グニュッと何かが当たる感触が伝わってきた。おそらく、先端が子宮口にぶつかったのだろう。

同時に、甘美な性電気が亀頭から賢吾の全身を貫《つらぬ》く。

だが、その刺激がとどめとなってしまった。

賢吾は、「はううっ！」と声をあげるなり、そのまま巨乳同期生の中にスペルマを注ぎ込んだ。

すると、陽奈が手で口を塞いだまま、「んんっ!?」と声をあげて、困惑した様子で目を丸くする。まさか、こちらがいきなり暴発するとは思っていなかったのだろう。

射精をしていると、出した精液の量に比例するように牡の本能が鎮《しず》まってきて、賢吾の中に理性が戻ってくる。

（はああ……僕、陽奈ちゃんの中に出して……）

と、心地よさの余韻に浸《ひた》りつつ、ふと結合部に目をやる。

そうして、逆流して溢れてきた白濁液《はくだくえき》に混じった赤いものを見たとき、賢吾は顔面から血の気が引くのを感じずにはいられなかった。

さらに、慌ててよく見てみると、シーツにも血痕ができているし、陽奈は目に涙を浮かべて辛そうな表情をしている。

（あっ……ああっ！　ぼ、僕はなんてことを……）

ようやく自分が何をしたのか理解した賢吾は、急激に湧いてきた罪悪感に心の中で頭を抱えていた。

いくら、向こうから抱きつかれたのがキッカケだったとはいえ、欲望に支配されて同期生の巨乳を弄《もてあそ》び、彼女の初めてを奪ってしまったのだ。しかも、情けないことに挿入した瞬間に中で暴発する、というオマケつきである。

せめて一緒にイケたなら、処女をもらった責任の重さは感じたとしても、もう少し満足できただろう。だが、現実はあまりにも残酷だった。

賢吾は、もう手遅れかもしれないと思いつつ、腰を引いて肉棒を抜いた。

ただ、いつもなら自慰を連続二回くらい余裕でできるのだが、今はたった一発出しただけで分身の硬さがすっかり失われている。

これは、膣の気持ちよさで射精して満足したからではなく、自分のしでかしたことへの罪悪感の大きさのせいなのは間違いあるまい。

「ご、ゴメン、陽奈ちゃん。その、僕、歯止めが利かなくなっちゃって……」

賢吾は、怯えながらそう言い訳めいたことを口にしていた。

もちろん、陽奈も抵抗せずに受け入れてくれたので、いくらなんでも不同意性交扱いにはならないだろう。

ただ、こちらも初めてだったとはいえ、巨乳の同期生に破瓜《はか》で辛い思いをさせただけでなく、挿入した途端に自分だけ達してしまったのだ。これが彼女の初体験というのは、あまりにも悲惨としか言いようがない。

正直、陽奈に罵《ののし》られても嫌われても当然、という気がしてならなかった。

しかし、彼女は目に涙を浮かべたまま、こちらを見て弱々しい笑みを浮かべた。

「だ、大丈夫です。その、痛かったですけど、覚悟していましたし……賢吾さんも、えっと、あまり気にしないでください」

と、陽奈が健気《けなげ》に言う。

だが、そんな優しい言葉をかけられると、ますます己の不甲斐なさを痛感せずにはいられない。

「でも……いや、なんて言えばいいか……本当に、色々ゴメン」

もっと、気の利いたセリフを言えればいいのだが、もともと女性との会話が苦手なこともあって、適切な言葉が上手く出てこない。

「あ、あの、賢吾さん？　えっと、こんなことになってしまいましたけど……その、明日からも、ちゃんとご飯を作りに来てくれますか？」

「えっ？　い、いいの？」

いささか予想外のことを言われて、賢吾はそう驚きの声をあげていた。

今日の晩ご飯は用意してあるので、これから温めれば食べられる。だが、このようなことをしたというのに明日以降の話をされるとは、さすがに思いもよらなかった。

「はい。あの、これが原因で賢吾さんのご飯を食べられなくなるのは嫌なので……」

と、はにかむように陽奈が言葉を続ける。

どうやら、賢吾の料理はすっかり彼女の胃袋を摑んでいたらしい。

あるいは、同期生なりの気遣いのつもりなのだろうか？

「うん、分かったよ。ありがとう」

そう応じながらも、賢吾は欲望に負けた挙げ句、自分の初体験が惨《みじ》めな結果に終わったことに、忸怩《じくじ》たる思いを抱かずにはいられなかった。

第二章　美人ＯＬの濃密手ほどき

1

「えっと……陽奈ちゃん？　朝ご飯は、テーブルに置いておくから、僕はこれで。昼食は、いつものように冷蔵庫に入れてあるよ。じゃあ、夜に晩ご飯を持ってくるね」

「あ、その……はい。あ、あの、毎日ありがとうございます」

なんともよそよそしく、そんな会話をしてから、賢吾は陽奈の部屋をそそくさと退散した。

そうして内廊下に出ると、賢吾は「はぁー」と大きなため息をついていた。

「参ったなぁ。あれから、陽奈ちゃんとまともに話せなくなっちゃったよ」

という愚痴めいた言葉が、ついつい口からこぼれ出てしまう。

　あの初体験のあとも、賢吾は陽奈に食事を作ったり届けたりしていたが、二人の仲はすっかりぎこちなくなっていた。

　一緒に食卓を囲むのもさすがに気まずく、今は彼女の部屋で朝食の用意をすると早々に退散し、自室で一人寂《さび》しく食事をしている。

（まったく、あんなことをするんじゃなかったかも……）

　どうしても、そんな後悔の念が先に立ってしまう。

　せめて、上手くいった初体験であれば、お互い気恥ずかしさはあっても、ここまでギクシャクしなかったに違いない。だが、現実は自身の暴発という形で失敗してしまった。

　そのため、賢吾は己の不甲斐なさと巨乳の同期生を満足させられなかった罪悪感で、彼女の顔をまともに見られなくなったのである。

　食費や手間賃をもらっているので、食事作りはなんとか「仕事」と割り切って続けている。そうでなかったら、陽奈の部屋に行くことなど、まずできなかっただろう。

　もちろん、陽奈のほうは「気にしないでください」と何度も言ってくれた。ただし、それが果たして本心なのか、あるいは単にこちらに気を使っているだけなのか、賢吾には分からなかったし、彼女に問いただす勇気もなかった。

それに、同期生も特に引き止めようとはしないので、心地悪さを感じているのは間違いあるまい。もっとも、普段の彼女の性格的には、積極的な行動を起こすとも考えにくいが。

ただ、お互いがそんな状態なので、気まずさが長引いているとも言えるだろう。

とはいえ、賢吾がモヤモヤしたままでいるのは、陽奈の本当の気持ちが分からない、という点に大きな要因があった。何しろ、思い返してみると初体験の流れの中で、どちらも相手への好意を明確には口にしていなかったのである。

(そりゃあ、僕は陽奈ちゃんが好きだけど……)

それに、向こうも処女を捧げてくれたのだから、一応の好意は持ってくれていると思う。ただ、はっきり「好き」と言われてはいないので、男女交際の経験がまったくない賢吾は、相手の本心を推《お》し量《はか》ることができずにいた。

何より、初体験の無様《ぶざま》な失敗が巨乳同期生の心理にどんな影響を与えたのか、考えるのも恐ろしい。

しかし、ずっとこのままというわけにいかないのも、紛れもない事実である。

(なんとかして、陽奈ちゃんとの関係を元通りにするか、それともご飯作りをやめて、ただの大学の同期生同士に戻るか？　いずれは、どっちかを選ばなきゃいけないんだ

ろうなぁ）

だが、どちらにしても非常に難しいのは想像に難《かた》くない。それに、自身の感情として彼女との関係を白紙に戻すのは、もっとも避けたい選択肢である。

そんなことを考えながら、賢吾はエレベーター横の階段で五階に向かった。

そして、建物の一番端にある自室の五〇一号室へと歩いていると、不意に手前の五〇二号室のドアが開いた。そうして、中から黒髪ストレートのロングヘアの女性がフラフラと出てくる。

（あれは、隣の……確か、真島さんって言ったっけ？）

昨年の九月末に、引っ越しの挨拶をしに来た隣人のことを、賢吾もしっかりと覚えていた。

やや吊り目気味ながらも、生真面目そうなスレンダー美女は、「真島千咲です」と名乗った記憶がある。

職業は会社員だそうで、確かに何度か出がけにバッタリ遭遇してスーツ姿を見かけた際は、いかにも仕事ができるＯＬという凜々しさを感じたものだ。

今は、厚手のベージュのロングコート姿なので、おそらく出かけるところなのだろう。しかし、土曜日の朝八時過ぎによろけながら出てくるとは、いったいどうしたというのか？

そんなことを考えつつ、賢吾が挨拶をしようか迷っていると、エレベーターに向かって足を踏みだした千咲が、そのまま前のめりに倒れそうになった。

「わっ。危ない！」

思わず声をあげた賢吾は、慌てて駆け寄って彼女を抱きかかえるように支えた。

千咲は、かろうじて意識があって「うっ……」と声を漏らしたものの、身体にはまったく力が入っていない。よほど、体調が悪いのだろうか？

（あっ。こ、香水の匂い……それに、真島さんの体温もなんとなく感じられて……）

曲がりなりにも、生の女体の感触を知っているため、いや中途半端に知っているからこそ、陽奈とは違った美女の芳香や温《ぬく》もりに、賢吾は胸の高鳴りを感じずにはいられなかった。

しかし、こんなところでいつまでも、隣人と抱き合うような格好でいるわけにもいくまい。

「えっと、真島さん？　隣の桜田ですけど、大丈夫ですか？　体調が悪いなら、救急車でも呼びます？」

どうにか昂りを抑え込んで、そう声をかけると、千咲がようやく目を開けた。

「お……お腹、空いた」

彼女の口から、弱々しく出てきたその言葉に、賢吾は思わず「はぁ？」と素っ頓狂な声をあげていた。

（なんと言うか、ちょっと前に陽奈ちゃんから同じようなセリフを聞いたから、すごいデジャヴ……）

そんな思いが、賢吾の脳裏をよぎる。

まさか、ほんの数週間の間に、別々の女性から空腹を訴える言葉を聞く羽目になるとは、さすがに予想外の事態と言わざるを得ない。

「ええと……僕も、これから朝食なんですけど……時間があるなら、ウチでご飯を食べます？」

「え……？　いいの？　じゃあ、お願いするね」

賢吾が恐る恐る声をかけると、千咲は今にも消え入りそうな小さな声で、そう応じるのだった。

2

「はー、美味しかったぁ。桜田くん……ああ、もう『賢吾』って呼んじゃおう。賢吾って、料理が上手なんだねぇ」

「ありがとうございます。その、お口に合ったようでよかったです」

すっかり元気を取り戻し、満足げな千咲の褒め言葉に、賢吾はこそばゆさを感じながら返事をしていた。

「それにしても、本当に助かったよ。何しろ、昨日のお昼過ぎからコーヒーを飲んだくらいで、固形物をまったく口にしてなかったからさ。賢吾に会わなかったら、どうなっていたか分からなかったぞ」

と、彼女がしみじみとした様子で言う。

ラベンダー色の長袖のセーターとブラウンのパンツという格好の美女が、心の底から安堵したのは、その表情を見れば疑いようがない。

食事の合間に聞いたところによると、千咲はコンフォート弥智与から徒歩十分ほどの場所にある、大手企業の支社の経理部に勤務しているそうである。

もともと忙しかった経理の仕事が、社内トラブルの影響でさらに増えてしまい、このところ深夜までの残業が続いていた。

彼女は料理が苦手で、ずっと外食かスーパーやコンビニの弁当といった中食に頼る生活を送っていたのだが、最近は近隣の飲食店やスーパーの閉店時間に間に合わず、二十四時間営業のコンビニが命綱のようになっていたらしい。

それでも、夕べ遅くに仕事がどうにか一段落したため、千咲は空腹を我慢しながら退社して帰路に就いた。

ところが、最寄りのコンビニが夕べに限って設備トラブルで臨時休業していたのである。遅い晩ご飯はもちろん、土曜日の朝食なども買い込むつもりだったのに、休みというのはさすがに予想外と言うしかない。

結局、疲労のせいでやや離れたコンビニまで行く気力もなく、彼女は空腹のまま帰宅して、つい先ほどまで寝ていたそうだ。

そうして、起床したらさすがに今度はひもじさに耐えかね、水だけ飲んで買い物に出ようと玄関から出た途端、目が回って倒れそうになってしまったのだ。

「いや〜、あの地獄がなんとか終わって、気が抜けたってのもあるんだろうけどさ」

話し終えた千咲は、そう言って頭を掻きながら苦笑いを浮かべたのだった。

見た目は、堅物でキツそうな雰囲気の美人ＯＬだが、実際に話をしてみると意外なくらい表情が豊かで、しかも気さくな言葉遣いのおかげで親しみやすい。それでいて、二十七歳という年齢もあって、大人の色気は充分にある。

ただ、今はセーター姿なのではっきりしないが、バストサイズは陽奈のほうが上回っているのは間違いあるまい。

賢吾は、ついついそんな分析を頭の中でしていた。ただ、同時に、苦い初体験の思い出が甦《よみがえ》ってきて、なんとも言えない情けなさが込み上げてきてしまう。

「それにしても、賢吾の部屋、すごく綺麗だねぇ？　あたしを家にあげたのは偶然だから、慌てて片付けたってこともないだろうし……もしかして、カノジョに掃除してもらっていたり？」

こちらの思いに気付いた様子もなく、千咲が部屋を見回してそんなことを言った。

だが、「カノジョ」という言葉に、賢吾の心臓は我知らず反応して、大きく飛び跳ねてしまう。

「か、カノジョなんていませんよ。僕、女の人と付き合ったことないですし……」

動揺をどうにか抑えながら、賢吾はそう応じていた。

陽奈との関係を思えば、全否定するのもおかしい気はした。しかし、少なくともあの一回を除いて彼女とは、部屋に食事を作りに行く以外のことをしていないので、さすがに「交際」とは言えまい。

そもそも、勢いでセックスをしてしまったものの、告白すらしていないのだ。したがって、「女の人と付き合ったことがない」というのも、決して嘘を言っていることにはならないだろう。

「えっ、そうなんだ？　じゃあ、この部屋は賢吾が自分で掃除をしているの？」

「そりゃあ、もちろんです」

質問にそう応じると、いきなり千咲が前に身体を乗り出して、こちらの手をガッチリと握ってきた。

突然、美人ＯＬの手の温もりに手を包まれて、賢吾の心臓が喉《のど》から飛び出さんばかりに高鳴る。

「賢吾！　あたしの部屋、掃除してくれないかな？」

手を握ったまま、千咲が真剣な眼差しでそんなことを言う。

その彼女の言葉に、賢吾は「ほえ？」と間の抜けた声をあげていた。

とりあえず、「食事を作って欲しい」なら陽奈にも言われたことなので、そこまで驚きはしなかっただろう。しかし、「掃除をして欲しい」というのは予想外である。

「あ、あの、それはどういう……？」

賢吾が、動揺を押し殺しながら訊くと、千咲はようやく我に返ったらしく、手を離して姿勢を正した。

「ああ、ゴメン。いや〜、実はあたし、料理ができないだけじゃなくて、掃除なんかもからっきし駄目で……」

と、彼女が気まずそうに切りだす。

なんでも、千咲は炊事や掃除といった家事全般が苦手らしい。それでも、昨年九月までは実家にいて母親がしてくれていたので支障はなかったのだが、異動で一人暮らしをする羽目になったため、色々と問題が出てきたのだった。

「洗濯だけは、洗剤まで自動で投入してくれる洗濯機のおかげで、なんとかなっているんだけどね。ただ、ずっと忙しかったし、ついつい掃除を後回しにしちゃってさ。片付けなきゃ、とは思うんだけど、なかなか手を着けられなくて」

「い、いいんですか、僕なんかが部屋に入っても？」

ばつが悪そうに説明を終えた美人ＯＬに対し、賢吾はそう訊いていた。

いくら半年近く隣に住んでいたとはいえ、二人が挨拶以上の会話をしたのは今日が初めてなのだ。そんな人間に、いわんや男に部屋の掃除を頼むなど、少々不用心ではないだろうか？

「まぁ、本音を言えば恥ずかしいんだけど……とにかく、来てもらえれば……」

千咲が、なんとも歯切れの悪い様子で応じる。

「……分かりました。とりあえず、見させてもらいます」

結局、賢吾はそう答えるしかなく、彼女に案内されて五〇二号室に向かった。

そして、千咲がＩＣカードで自室の鍵を解除し、ドアを開けて「どうぞ」と居心地が悪そうに促す。

「じゃあ、お邪魔しま……なっ⁉」

部屋に一歩足を踏み入れた途端、賢吾は思わず言葉を失っていた。

何しろ、玄関と直結しているキッチンは、既に通路になる部分を除いて、コンビニ弁当やカップ麺の空き容器、それに缶ビールやチューハイの空き缶、可燃ゴミのゴミ袋などが今にも崩れそうなくらい、何重にも積み上げられた状態になっていたのである。さらに、シンク内にも空き容器や空き缶などが積まれている。

それでも、一応はちゃんと洗い流しているらしいのと、シンクにディスポーザーがあるおかげで生ゴミ類がなく、異臭がしていないだけマシかもしれない。ただ、キッチンでこの状況だと、部屋の中がいったいどうなっているのか、見るのがいささか恐ろしかった。

いずれにせよ、既に「汚部屋」と呼びたくなる惨状なのは間違いない。

「えっと……真島さんって、引っ越してきたの去年の九月末ですよね？　まだ半年経っていないのに、なんでこんなことに？」

「いや～、もともと掃除が苦手だし、分別が面倒で……それに、朝が弱いからゴミ収集車が来る時間までに、なかなかゴミを出せなくてさ」

賢吾の質問に、千咲が頭を掻きながら答えた。

確かに、このあたりは巡回ルートの関係でゴミ収集車が来るのが比較的早く、八時頃にはゴミが回収されてしまう。

二十四時間ゴミ出しＯＫのマンションなら時間や曜日に縛られないが、残念ながらコンフォート弥智与は、行政が定めたタイミングで出さなくてはならなかった。彼女の起床時刻が八時頃だとすると、起きた直後にはゴミ収集車が来てしまうため、どうしても間に合わないのだろう。

しかも、収集日が月曜日なら日曜日のうちに出せるが、この地域の可燃ゴミは火曜日と金曜日の収集である。したがって、日曜日の間にゴミステーションに出しておくわけにはいかないのだ。

もっとも、ゴミの中に月曜日収集の缶やペットボトルもあるところから見て、美人ＯＬがゴミ出し全般を後回しにしてきたのは、容易に想像がつく。そうして出すものが増えていくと、さらに出すのが面倒になって、ますます部屋にゴミが溜まっていく、という悪循環が起きる。挙げ句、ご覧の有様になってしまったのに違いあるまい。

「はぁ、仕方がないですね。こうなったら、今日から徹底的に掃除をしましょう」

賢吾は、頭の中で掃除にかかる時間をザックリ計算してげんなりしながらも、そう口にしていた。

「えっ？　自分で言っておいてなんだけど、本当にやってくれるの？」

と、千咲が意外そうな声をあげる。もしかしたら、部屋を見たら呆《あき》れて断られる、と思っていたのかもしれない。

「はい。こんなことを言ったらなんですけど、隣が汚部屋だと僕の部屋にも影響があるかもしれないですし」

何しろ、黒いアイツを含む害虫の類《たぐい》は、ちょっとした隙間からでもやって来る。いくら自室を綺麗にしていても、隣でそうした虫が大量発生したら、こちらへの影響は免《まぬが》れられまい。

今は、まだ寒い時期なのでそこまで心配はいらないが、もっと暖かくなったときのことを思うと、この惨状はさすがに無視できそうにない。

つまり、掃除は千咲を助けるだけでなく、自分の生活の平穏を守るためにも必要だと言えるだろう。

「ありがとう、賢吾！　あ、ちゃんと手間賃は払うから、よろしくね！」

笑顔でそう言いながら、千咲が抱きついてきた。

「わっ。ちょっ……ま、真島さん？」

突然の美人ＯＬの温もりに、賢吾は戸惑いの声をあげつつも、胸の高鳴りを禁じ得なかった。

3

その日の夕方、賢吾はコードレス掃除機で千咲の部屋の床を掃除していた。

「ふぅ。今日は、掃除がこんな時間になっちゃったし、そろそろ部屋に戻ってビーフシチューの仕上げでもするかな？」

隅《すみ》まで掃除機をかけ終えて、本体を充電器に戻した賢吾は、そう独りごちてすっかり綺麗になった部屋を見回した。

土日をかけて、千咲の部屋の掃除をしてから早二週間近く。

さすがに、溜まりに溜まったゴミを収集日にまとめて出すわけにもいかず、キッチンの一角には仕分けしたゴミ袋が、まだそこそこ積み上がっている。それでも、ベッド以外は足の踏み場もないくらい散らかっていた部屋は見違えるほど綺麗になり、今や誰か来ても一応は恥ずかしくない、というレベルになっていた。

もっとも、ある程度まで片付けるのにも丸二日近くかかったことを思い出すと、今でも頭が痛くなって、つい遠い目をしたくなるのだが。

（しかも、結局は僕がこうやってちょくちょく千咲さんの部屋に来て、掃除をすることになったからなぁ）

そんなことを思って、賢吾はついつい肩をすくめていた。

「この綺麗さを維持し続ける自信がないし、お金は払うから、これからも掃除と食事の用意をお願い」

徹底した大掃除のあと、美人ＯＬからそう請われた賢吾は、陽奈に食事を作っていることもあって迷ったものの、最終的に彼女の頼みを引き受けることにした。

食事に関しては、弁当を用意するぶん手間がやや増えるものの、自分と同期生とおかずを共有にすることで、負担の増加は最小限で済むだろう。正直、食材の量が増えるとはいえ、二人から食費をもらったら取りすぎになってしまうくらいだ。

それに何より、賢吾が彼女の願いを聞き入れた最大の理由は、やはり「掃除」という一点に尽きた。

せっかく綺麗にしたとはいえ、千咲の生活ぶりを放っておけば、夏の訪れを待たずに汚部屋状態に逆戻りしてしまうのは、想像に難くなかったのである。

実際、本人から聞いた話によると、過去に付き合った男性の中に結婚まで意識して交際した相手が二人ほどいたものの、あまりの生活能力のなさに愛想を尽かされてしまったらしい。確かに、賢吾のように家事を苦にしない人間以外は、とても彼女と付き合っていられるとは思えない。

とにかく、あの惨状を目の当たりにし、害虫発生の可能性を考えたら、掃除に関してはこちらから言い出したかったくらいだ。それを向こうから切り出して、しかも手間賃まで払ってくれるのだから、「渡りに船」どころか「棚からぼた餅」と言っていいかもしれない。

無論、掃除自体は美人ＯＬのためだが、これはめぐり巡って自分自身の生活を守ることにもなるだろう。

そう考えて、賢吾は彼女の部屋の掃除も引き受けたのだった。

　もちろん、主が会社に行って不在の部屋に入って掃除をすることに、抵抗がなかったと言ったら嘘になる。しかし、さすがの千咲も下着類を年下の男が来る部屋に放置するほど無恥ではなく、こちらが気を使う点といえば余計なところに手を着けないようにするくらいだ。

　ちなみに、普段は午前中や午後の早い時間に隣室の掃除をしているのだが、今日は十四時過ぎまで一人で映画を観に行っていた。そのため、少し遅い夕方に掃除をしていたのである。

（朝は、千咲さんの部屋に寄って、朝ご飯と弁当を置いてから陽奈ちゃんの部屋に行って、晩ご飯は二人分を作ってそれぞれに届けて……なんか、この生活もすっかり習慣になっちゃった感じだなぁ）

　いったん自室に戻り、仕込み途中だったビーフシチューの調理に取りかかりながら、賢吾はそんなことを考えていた。

　同期の女子大生にも食事を作っていることは、あらかじめ千咲には話してあり、また隣人ＯＬの食事と掃除の世話をする件は、陽奈にも話してあった。

　何しろ、同期生から食費と手間賃を受け取っているのに、千咲からももらうようになったため、言わば二重取り状態になったのである。

もちろん、黙って双方からお金をもらい続けるのも可能だっただろうが、賢吾はそんな不誠実な真似ができる性格ではなかった。それに、同じマンションにいる以上はいずれバレるだろうから、それならいっそ先にきちんと説明しておいたほうがいいに決まっている。

とにかく、食材の量と作る量は増えたものの、調理の負担そのものはさほど増したわけではない。手間賃をもらうこともやめる気はないが、金額に関しては弁当を持っていき、かつ部屋の掃除もある千咲が多めで、陽奈はもっと減らしてもいいのではないか？

そう考えた賢吾は、初体験の気まずさをどうにか堪えながら、巨乳の同期生に事情を話したのだった。

だが、陽奈はなんとも複雑そうな表情を見せつつ、「賢吾さんにお手間をかけさせていることに、ちゃんと報《むく》いたいですから」と減額を拒んだのである。

押し問答の末、最終的にこちらが折れて今までどおりの金額を払ってもらうことになった。だが、彼女は親からお金を出してもらっているのだから、普通に考えれば払うお金は少ないほうがいいはずである。それなのに、どうしてあそこまで頑《かたく》なだったのか、賢吾には未だに理解できなかった。

（まぁ、今はバイトをしてないから、お金をもらえるのはありがたいんだけど……多くもらっているぶんは、手間のかかる美味しい料理を振る舞うことで、少しでも二人に還元しよう）

そう考えた賢吾は、今日はルウを使わない手作りビーフシチューを、メインディッシュに選んだのである。

大きめにカットした牛肉がトロトロになり、いい感じのとろみもついてシチューが完成すると、賢吾はそれを保存容器に入れて、サラダと一緒にまずは陽奈のところに持っていった。

彼女は、相変わらず「フリーダム・フロンティア」に熱中しており、賢吾は「晩ご飯はビーフシチューだからね」と声をかけ、サラダを冷蔵庫に入れると、すぐに部屋をあとにした。

とにかく、今は巨乳の同期生と何を話していいか分からないため、彼女の部屋にいる時間を最小限にしている。

何しろ、千咲のことを説明するときは我慢できたが、陽奈を見ると自然に裸体が脳裏に甦り、ムラムラしてしまうのだ。ただ、同時に初体験の苦い記憶も甦ってきて、居心地が悪くなる。

そのため、どうしても彼女を避けるような態度にならざるを得ない。

(本当に、僕は陽奈ちゃんとどう接していったらいいんだろう?)

そんな悩みを抱きながら、賢吾は部屋に戻り、千咲のためにシチューを保存容器によそった。

そうして、十八時半過ぎになってから隣室に行く。

ところが、ICロックを開けて玄関に入った賢吾は、思わずそこで足を止めていた。

驚いたことに、夕方までなかった千咲のハイヒールが土間にあったのである。

「千咲さん、帰っていたんですか?」

そう声をかけると、カーディガン姿の美人OLが引き戸を開けて顔を見せた。

「あ、賢吾。いらっしゃい。今日は仕事が一段落して、上司から定時で上がるように強制されちゃったんだ。それで、賢吾の出来たての料理を食べられるかもと思って、急いで帰ってきたんだよ」

と、彼女が嬉しそうな表情で言う。

千咲が勤める会社の終業時刻は、本来十八時となっている。しかし、定時に上がれることなど年間で数えるほどしかなく、一時間程度の残業は日常茶飯事だそうだ。もちろん、忙しくなればさらに残業時間が増える。

したがって、いつもならこの時間に彼女はいないため、賢吾は料理を置いて部屋に戻るのだが、既に帰っているとは予想外のことだ。

「賢吾、お酒は飲めるよね？　せっかくだし、今日はあたしと飲みながらご飯を食べない？」

そんな美人ＯＬの誘いを、賢吾は断ることができなかった。

4

「はぁ、ごちそうさま。やっぱり、賢吾の料理は美味しいなぁ。ビーフシチューは、少し前にレストランで食べたんだけど、絶対にあそこよりも美味しかったよ」

夕飯を食べ終えた千咲が、お腹をさすりながらそんな褒め言葉を口にする。

「あ、ありがとうございます。えっと、隠し味に赤味噌とインスタントコーヒーをちょっとだけ入れて、味にコクと深みを持たせたんですよ」

「へぇ。シチューは、ルウを使わないで一から作ったっていうし、お肉もトロトロだったし……赤ワインとよく合って、本当に文句なしだったよ」

「まぁ、その……び、ビーフシチューを作るときに赤ワインを使うから、えっと、相性がよくて当然なんですけど」

美人ＯＬの手放しの絶賛に、対面に座っている賢吾はこそばゆさを覚えつつ、いささかどもりながらそう応じていた。

彼女と話すのは、多少慣れたつもりだったが、今は初めて話したときのように緊張せずにはいられない。

何しろ、千咲はトップスが胸元の見えるキャミソール、アンダーはストレッチパンツというラフな格好なのである。最初は、上にカーディガンを着ていたのだが、酒が進むにつれて「暑くなった」と脱いで、キャミソール姿になってしまったのだ。

しかも、身体のラインがはっきり出る服なので、彼女のスタイルが丸分かりである。百六十五センチと、陽奈より七センチ背が高い割にバストサイズは控えめということもあり、千咲の体型はややスレンダーという印象を受ける。しかし、キャミソールの胸元から上部が見えている二つのふくらみは、存在感をしっかりアピールしていた。そのため、ついつい目が釘付けになってしまう。

それに、千咲は見た目こそ少しキツめだが、実際は気さくで人当たりがいい性格をしている。家事が致命的にできない欠点はあるものの、同い年の同期生とは異なる女性としての魅力は、充分に持っていると言っていい。

そう感じる相手が、薄着で目の前にいるのだから、緊張するなというほうが無理ではないだろうか？

童貞のときなら、薄着の女性を直視できず、目を逸らしていたかもしれない。しかし、陽奈の胸を揉んだ経験があるせいか、はたまたアルコールによって理性がやや麻痺《まひ》しているせいか、今はどうにも美人ＯＬのバストへの興味を抑えきれなかった。

（確かに、この部屋は暖房が効いているし、廊下も暖かいから、僕も長袖のシャツとジーンズで動いているけど……さすがに、千咲さんの格好は、ちょっと薄すぎっていうか……）

隣人の私服姿は何度か目にしているが、ここまで煽情的な服装は初めてだった。まるで、こちらを誘惑しているように思えてならない。

実際、もしも陽奈との初体験に成功していたら、美人ＯＬの露出過多な装いに劣情を抑えきれず、襲いかかっていた可能性がある。

しかし、賢吾は未だにあの失敗を引きずり、もともと乏しかった男としての自信をすっかり喪失していた。おかげで、目の前の美女に手を出す度胸も湧いてこない。

「えっと……じゃあ、僕は洗い物をして……」

賢吾が、誤魔化すようにそう言って立ち上がろうとしたとき。

「ねえ、賢吾？　確か、陽奈ちゃんだっけ？　その子とは、本当に付き合っていないのかな？」

突然、千咲からそんな問いを投げかけられて、賢吾は中腰のまま固まってしまった。

「な、何をいきなり……？」

「だってぇ、賢吾と同学年で、あたしよりも先にご飯を作ってもらうようになったんでしょう？　餌づけされちゃって、当然じゃないかな？　そもそも、いくらお金をもらっているとしても、賢吾だって嫌いな相手に毎日作ってあげたりしないよね？」

彼女の的を射た指摘に、賢吾は「うっ」と言葉に詰まっていた。

また、セリフの中に出てきた「餌づけ」は、さすがに表現としてどうかとも思ったが、言い得て妙という気もする。

「それで、どうなのかな？　付き合っているの？　いないの？」

と、千咲が重ねて訊いてくる。

「えっと……付き合っているかと言われたら、その、違います。ただ、んと、なんて言えばいいか……」

賢吾は、初体験の失敗を話すべきか迷って、口ごもってしまった。

「どうやら、何かあったみたいだね？　そういうときは、一人で悩まずに人生経験で勝《まさ》る年上に相談するのがいいと思うぞ？」

　こちらの態度から、言いにくい事情があると察したらしく、美人ＯＬがそんなことを言った。

　確かに、このまま失敗を引きずってウジウジしていても、自分で解決などできない気がする。今のままでは、陽奈との関係は一歩も先に進めまい。

「その、実は……」

　酒が入っているせいもあり、賢吾は意を決して、千咲に巨乳の同期生との間にあった出来事を話すことにした。

「……なるほどぉ。初めてでそんな失敗をしたら、相手と気まずくなるし、エッチの自信もなくすのも当然かもねぇ」

　こちらの話を聞き終えると、美人ＯＬが真剣な表情で頷きながら言った。

「笑わないんですか？」

「賢吾が真剣に悩んでいるのに、そんなことしないって。でも、なんだか色々と納得がいったなぁ。確かに、初めて同士だとお互い手探りだし、アダルト動画なんかを見ていても、緊張で知識を活かす余裕もないだろうから、失敗するのも仕方がないって気がするよ」

賢吾の問いに、千咲が真面目な顔で分析を口にする。あまりの情けなさに、笑われるのも覚悟していたのだが、そんなつもりは毛頭なかったらしい。こういうところも、美人ＯＬの美点と言えるだろう。

「それで、あの、僕はどうしたらいいと思いますか？」

「ふむ、そうねぇ。エッチに限らないけど、失敗して自信をなくしたときは、新しい成功体験を積むのが、自信を取り戻す近道になるかな？」

「新しい成功体験……」

「うん。賢吾の場合、両方とも初めてで失敗したわけだから、まずはセックスをそれなりにしたことがある女性と、一緒に気持ちよくなる経験をするのが大事じゃないかな？　そうすれば、きっと自信がつくと思うぞ」

「そ、それは確かに……でも、そんなこと……」

千咲のアドバイスに、賢吾は困惑せずにはいられなかった。

何しろ、彼女が言っているのは「陽奈以外の女性とセックスをしろ」ということなのである。

もちろん、賢吾と陽奈はまだ交際しているわけではないので、他の女性と関係を持ったとしても、「浮気」と責められる筋合いはない。しかし、自分の気持ちとして抵抗を感じずにはいられなかった。

するど、千咲がこちらに回り込んできた。そして、スッと腕を絡ませてくる。

もともと、キャミソールを着ただけの薄着なので、胸を押しつけられるとその柔らかさと温もりが、腕からシャツを挟んで伝わってきた。いや、バストだけでなく肉体の体温、それにほのかに甘い女性の匂いも感じられる。

おかげで、心臓が大きく飛び跳ねて、「ち、千咲さん!?」と素っ頓狂な声が出てしまう。

「うふっ。あたしが、賢吾の自信を取り戻す相手になってあ・げ・る」

「ふえっ!?　い、いや、でもそれは……」

美人ＯＬの突然の提案に、賢吾は困惑を隠せなかった。彼女がこのようなことを言い出すとは、さすがに予想外すぎる。

すると、腕に力を込めてバストを押しつけながら、千咲がさらに言葉を続けた。

「正直に言うと、あたしも前の彼氏と別れてからセックスとご無沙汰で、欲求不満だったんだよねぇ。しかも、賢吾が毎日みたいに来てくれるようになったし。だから、あたし土日とか求めてくれるのを待っていたのに、ちっともそんな気配がないから、あたしを女として見てないのかって、実はけっこう気にしていたんだ。それで、今日はあえてこんな格好をしてみたんだけど」

どうやら、キャミソールとストレッチパンツという格好は、賢吾を誘惑するつもりでしたものだったらしい。食事の途中でカーディガンを脱いだのも、おそらくその一環だったのだろう。

「まぁ、事情を聞いたら、手を出そうとしなかったのも納得だけどさ。でも、賢吾だってずっと今のままでいいと思っているわけじゃないよね？」

そう問われて、賢吾は首を縦に振っていた。

実際、巨乳同期生との関係をどうにか改善したい、とは常々思っていたのである。ただ、今は思考の迷路に迷い込んだような感じで、方法が分からないだけなのだ。もしも、解決できるなら藁《わら》にもすがりたいと考えるのは、当然ではないだろうか？

「それで、どうする？　あたしのエッチのレッスン、受けてみたくなぁい？」

耳元に口を寄せてきた美人ＯＬが、囁《ささや》くように甘い声で言う。

その言葉を聞いた瞬間、賢吾の頭に血液が一気に上昇して、思考回路がたちまちショートしてしまった。

好みでない相手ならばともかく、密着した美女からこのように誘われて拒否できる若者が、果たしてどれだけいるだろうか？

そのため賢吾は、ほとんど本能的に頷いていた。

5

「レロ、レロ、ピチャ、ピチャ……」

「くうっ！　ち、千咲さん、よすぎっ……はううっ！」

千咲の部屋に、彼女の下から生じる音と賢吾の呻《うめ》くような喘ぎ声が響く。

今、賢吾は美人ＯＬが使っているシングルベッドに、下半身を丸出しにして腰をかけていた。

そして、足下には黒いレースの下着姿になった千咲が跪《ひざまず》き、片手で握った勃起の先端を舐め回している。

フェラチオに入る前、舌を絡めるキスをされたのだが、そのとき賢吾の股間をまさぐった彼女が、「これは長く耐えられそうにないよねぇ」と、愛撫のレッスンなどをする前に一発抜くことを提案してくれたのである。

実際、ディープキスだけで賢吾の分身は、ズボンの奥で限界までいきり立っていた。

このまま千咲の乳房を揉んだりしたら、同期生のときの二の舞になりかねない。

そこに気付いて、先に射精させることを自ら口にしたあたり、さすがは経験者と言うべきだろうか?

(陽奈ちゃんとしたときも、まずフェラチオとかで一回出していれば……)

それは、自慰をする際にアダルト動画を改めて見ても、後悔の念と共に考えてしまうことだった。

何しろ、キスにしても単に唇を合わせただけで、舌を絡めるような濃厚なものは頭からスッポリ抜け落ちていたのである。あとから思い返すと、「ああすればよかった」「こうしておけばよかった」という悔しさしか湧いてこなかった。

もっとも、童貞と処女でお互い緊張していたのだから、そうした判断力が共になかったのも仕方があるまいが。

「んっ。レロロ……」

こちらが余計なことを考えているのを見抜いたのか、千咲がいきなり亀頭の先端にある縦割れの唇を、舌をねじ込むように舐めてきた。

それによって鮮烈な性電気が生じ、賢吾は「うはああっ!」とおとがいを反《そ》らして声をあげつつ、現実へと引き戻された。

とはいえ、隣人の美人OLにこんなことをされている事実そのものが、夢でも見ているような気がしてならないのだが。

するとと、千咲がペニスから舌を離した。そのため、快感の注入が収まる。

（まだ射精してないのに、どうしたんだろう？）

朦朧とした頭に、そんな疑問が湧き、ついつい美人ＯＬに目を向ける。

そうして呆然と見ていると、彼女は「あーん」と大きく口を開いた。そして、再び肉棒に口を近づけていく。

（あっ。こ、これはもしかして……）

賢吾は、ようやく隣人が何をしようとしているのかを悟った。

フェラチオとは、ただペニスを舐めるだけではない。そのことが、今の今まで頭から綺麗に吹き飛んでいたのは、やはり経験不足故だろう。

こちらが目を大きく見開いていると、千咲は視線に気付いたのか、顔を肉茎に近づける速度を落とした。そして、ゆっくりと亀頭を口に含んでいく。

先端が生温かな感触に包まれた瞬間、得も言われぬ心地よさが発生して、賢吾は思わず「ふおおっ！」と声をあげていた。

口に含まれることがこれほど気持ちいいとは、さすがに予想外と言うしかない。

千咲はこちらの反応に構わず、さらに一物を呑み込んでいった。そうして、根元近くまで達したところで、「んんっ」と声を漏らして動きを止める。

それから彼女は、少し呼吸を整えると、ゆっくりと顔を前後に動かしだした。

「んっ……んむ……んじゅ……んんっ……」

「ほあぁっ！　こ、これっ、すごっ……！」

ストロークでもたらされた快電流の大きさに、賢吾は素っ頓狂な声を室内に響かせていた。

こうされるのは、もちろん自慰のときに何度となく想像していたが、これほどの快感が生じるとは想定外である。

とにかく、分身が手とは異なる感触と温かさに包まれ、唇で竿をしごかれることによって、得も言われぬ心地よさが脊髄を伝って脳を灼《や》くのだ。

しかも、それを隣室の美人ＯＬがしてくれているのだから、夢見心地になるのは当然かもしれない。

正直、一ヶ月前の自分に今の出来事を伝えたとしても、笑い飛ばして微塵《みじん》も信じないだろう、と思うくらい現実感がなかった。

しかし、少しずつ速く大きくなっていくストロークによって、もたらされる性電気がいっそう強まると、これが現実だと否応なく思い知らされる。

「んじゅ、んむっ……ふはあっ」

ひとしきりしごくと、千咲が肉棒を口から出して息をついた。

「はぁ、はぁ……賢吾のチン×ン、やっぱり大きいなぁ。根元まで咥《くわ》えられなかったのも、口に入れていて苦しくなったのも、あたし初めてだぞ」

呼吸を整えながら、彼女がそんなことを口にする。

どうやら、賢吾の勃起は美人ＯＬも未体験の大きさらしい。もっとも、他人と比較したことがないので、こちらはどう反応していいか分からず「どうも……」と言うしかなかったのだが。

「あれ？　先っぽからカウパーが……ふふっ、もうすぐイキそうなんだぁ？　いいよ、このままイッちゃえ」

うっとりとペニスを見つめていた千咲は、なんとも楽しそうに言うと、また亀頭に舌を這わせてきた。

「レロ、レロ……んっ、チロロ……ピチャ、ピチャ……」

隣人の美人ＯＬは、音を立てながら先走り汁を舐め取り、それからカリ、さらに竿全体、そして裏筋を丹念に舐め回す。

その巧みな舌使いから生みだされる甘美な刺激が、賢吾の射精感を否応なく煽り立てる。

「くうっ！　ち、千咲さんっ！　僕、本当にもう……」

「レロロ……あむっ。んっ、んっ、んぐっ……」

賢吾が限界を訴えようと口を開くなり、彼女はまた一物を咥え込んでストローク運動をし始めた。

言葉の途中だったとはいえ、セックス経験のある美人ＯＬがこちらの意図を読み誤るとは思えない。それに、彼女の動きは先ほどよりも早く小刻みだった。

この一連の行動から、千咲が何を望んでいるかは明白である。

（こ、口内射精……）

それは、アダルト動画やエロ漫画のフェラチオシーンのクライマックスでは、顔射と並んでよく見かける行為だ。

おそらく、千咲はここで顔射させると後片付けが面倒なので、口で精液を処理してしまおうと考えたのだろう。

ただ、現実にそれを求められていると悟ると、フェラチオ初体験の身としては戸惑いを禁じ得ない。

しかし、美人ＯＬの行動によってもたらされた鮮烈な刺激は、そんな男の葛藤をあえなく打ち砕いてしまう。

「はうっ！　出る！」

と口走るなり、賢吾は彼女の口内にスペルマを放っていた。

「んんんっ！　んっ、んむううう……」

発射の瞬間、千咲が目を見開いてくぐもった声をあげた。しかし、口を離すことなく咥え続けたのは、さすがと言うべきだろうか？

（くううっ……す、すごく出て……）

普段、自慰で射精するのとは桁違いの量の精液が、美女の口の中を満たしていく感覚に、賢吾は酔いしれていた。

この心地よさを知ったら、もう孤独な指戯には戻れなくなってしまうかもしれない。

そうして長い射精が終わり、美人ＯＬはゆっくりと顔を引いてペニスを出した。

「んっ……むぐ、んむ……」

床にペタン座りをした千咲が、やや苦しげな表情を浮かべながらも口内を満たしたスペルマを喉の奥に流し込み始める。

（の、飲んで……本当に、精液を飲んでるよ！）

賢吾は、彼女の行動に驚きを隠せずにいた。

口内射精はもちろん精飲も、アダルト動画などで見たことがあるので、知識としては知っている。しかし、目の前で顔見知りの美女が実際にしているのは、どうしても「信じられない」という気持ちが先に立ってしまう。

また、向こうが望んだこととはいえ、女性の口の中を己の精で汚した罪悪感と背徳感はあったが、一方で奇妙な高揚感も覚えている。

おかげで、一発出した直後だというのに、分身はその硬度が衰えることもなくそそり立ったままだった。

「んはあ。賢吾、本当にすごぉい。チン×ンが大きいだけじゃなくて、ザーメンの量も濃さも、あたしが今まで知っている男の中で一番だよぉ」

口内のスペルマを処理し終えた千咲が、大きく息をついてから妖しげな笑みを浮かべて、そんなことを言う。

「あっ。えっと、千咲さん、その……」

興奮は収まっていないとはいえ、一発抜いたおかげで冷静さを少しだけ取り戻した賢吾は、なんとか口を開こうとした。だが、お礼を言うべきか謝るべきか、あるいはもっと別のことを言ったほうがいいのか分からず、言葉に詰まってしまう。

すると、こちらの心情を察したのか、美人ＯＬが先に口を開いた。

「賢吾、次はキミがあたしにしてくれるかな？　フェラで興奮はしたけど、チン×ンを挿れるにはまだちょっと早い感じだからさ。女性への愛撫の仕方も、ついでにレッスンしてあげるよ」

そう言うと、彼女は背中に手を回してブラジャーのホックを外した。そして、躊躇う素振りも見せずに下着を腕から抜き取って上半身を曝《さら》け出す。

分かっていたことだが、やはり千咲のバストは陽奈と比べて控えめだった。しかし、ふくらみとしては充分な大きさがあり、形も綺麗なお椀型をしている。

その頂点にあるピンク色の突起が、そこそこ大きくなっているのは、フェラチオで興奮していたからだろう。

賢吾が、ベッドに腰かけたまま呆然としていると、美人ＯＬは背を向けて膝の上に乗ってきた。

いきなり、美女の体重と温もりがもたらされて、賢吾は思わず「ほえっ？」と間の抜けた声をあげてしまった。同時に、彼女の後頭部が眼前に来たため、心臓が大きく高鳴る。

「さて、それじゃあまずは、オッパイを揉んでもらおうかなぁ？」

と、千咲が顔をこちらに向けながら、甘い声でそんなリクエストを口にした。

それを聞いた賢吾は、ようやく我に返って「は、はい」と慌てて応じ、両手を前に回して二つの果実をムンズと鷲摑みにする。

途端に、美人ＯＬが「んあっ」と声をあげる。

（うわぁ。これが、千咲さんのオッパイ……陽奈ちゃんよりは小さいけど、弾力は強めで、張りがあるような気がする）

手の平に広がった感触に、賢吾はそんな感想を抱いていた。

大きさでは、巨乳の同期生のほうが明らかに上回っているが、指を押し返してくる力が強い千咲のバストも、充分に魅力的だといっていい。正直に言えば、甲乙はつけがたい。

また、後ろからするのは前方から乳房を摑むよりもやりやすかった。これは、愛撫に不慣れなこちらを彼女なりに気遣ってくれた体勢なのだろう。

そんなことを考えつつ、賢吾はふくらみの感触をもっと堪能しようと、本能のままに揉みしだきだした。

「んっ。あっ、あんっ、ちょっとストップ！」

愛撫を始めるなり、美人ＯＬがそう口にした。

本来ならそのまま続けたかったが、さすがに無視はできないため、賢吾もいったん手の動きを止める。

するとと、彼女がこちらに目を向けた。

「賢吾、もしかして陽奈ちゃんとしたときも、今みたいにいきなり強くした？」

「えっ？　あ、はい……」

予想外の問いかけに、賢吾は戸惑いながらも頷いた。

実のところ、挿入即射精のショックが大きく、前戯のことは記憶がいささか曖昧になっている。ただ、欲望のままに行動し、乳房の感触を堪能したのは間違いない。

「はあー。ま、初めてだったんじゃや、仕方がないか。賢吾、いい？　前戯でオッパイを揉むのは当然としても、力任せじゃ女の子は気持ちよくならないんだぞ？」

やや呆れたような彼女の指摘に、賢吾は「えっ？」と間の抜けた声をあげてしまう。

すると、隣人の美人ＯＬが言い聞かせるように言葉を続けた。

「確かに、胸をずっと刺激されたら少しくらい感じるよ。でも、単に『感じる』のと『気持ちいい』と思うのは、似ていても違うんだぞ。賢吾だって、女性をただ感じさせるだけよりは、気持ちよくしてあげたいって思うよね？」

「そ、そりゃあ、もちろん」

「だったら、今みたいに欲望任せに揉まないこと。まずは優しくして、相手の反応を見ながら少しずつ力を強めていくんだぞ。分かった？」

千咲のアドバイスに、賢吾は「はい」と応じつつも、同期生としたときの本能任せだった自分の行為に、改めて後悔の念が湧いてくるのを抑えられなかった。

挿入前に秘部が湿っているのは確認したので、陽奈が肉体的に多少は感じていたのは間違いあるまいが、心から気持ちよくなってくれていたかと問われれば、かなり怪しいと答えざるを得ない。

こうして経験者に指摘されると、巨乳同期生の様子をきちんと観察する余裕がまったくなかった事実を、否応なく思い知らされる気がした。

(緊張していたせいで、動画なんかで見た知識が全部吹っ飛んでいたとはいえ、やっぱり陽奈ちゃんには悪いことをしちゃったな……)

今さらながら、そんな思いが湧いてくる。

「さあ、それじゃあ改めて揉んでみてくれる？」

そう促されて、ようやく我に返った賢吾は、「あ、はい」と応じて慎重に指に力を込めて愛撫をし始めた。

「んっ……そんなに、んあっ、おっかなびっくりじゃなくても、んはっ、いいよっ。んふっ、もうちょっと、んんっ、自信を持って揉んでみて」

こちらの手の動きに合わせて、美人ＯＬがアドバイスをくれる。

「えっと……こんな感じですか？」

彼女の指示を受けて、賢吾は手の動きを意識的に切り替えてみた。

「あんっ、そうっ。そんな感じだよぉ。んんっ、そのまま続けて……ああんっ」

千咲が艶《なま》めかしい喘ぎ声をこぼして、そんなことを言う。

（まずは、これくらいでいいのか……陽奈ちゃんとしたときは、まったく思いもしなかったな）

そんな思いが、脳裏をよぎる。

実は、賢吾の中には今も「思い切りオッパイを揉みしだきたい」という、本能的な欲求が渦巻いていた。しかし、この欲望に従えば男としては楽なのだが、女性を気持ちよくさせられない、と注意されている。

そのため、賢吾は手の平に伝わってくる乳房の心地よさで吹き飛びそうになる理性をどうにかつなぎ止めて、できる限り優しい愛撫をし続けた。

そうしていると、間もなく美人ＯＬの喘ぎ声に混じる艶めかしさが、いっそう増してきた。

「んああっ、はあんっ、賢吾ぉ。あふうっ、そろそろっ、んんっ、力を強くしてもぉ、あふうっ、平気だよぉ。ああんっ、あたしはっ、んふうっ、初めてじゃないしっ、あんっ、もっと力を入れてもぉ、ふああっ、大丈夫だからぁ」

賢吾がどうしようか迷っていると、千咲のほうが喘ぎながらそう指示を出してくる。

そのため、賢吾はバストの触り心地を堪能するように指の力を強めて、ふくらみをグニグニと揉みしだきだした。

「んあっ、ああっ、それっ、んふっ、いいよぉ。あんっ、マッサージするみたいにっ、んはあっ、揉んでぇ……ああんっ、ふああっ……」

愛撫に合わせて、より艶めかしい喘ぎ声をこぼしつつ、美人ＯＬが新たなアドバイスを口にする。

賢吾は、もう自分であれこれ考える余裕もなくし、ただひたすら手から伝わってくる乳房の感触に没頭していた。

(千咲さんのオッパイ、手触りがすごくいい！　ずっと、こうしていたいよ！)

そんな思いが心を支配していて、彼女の言葉に従って手を動かすだけで精一杯という状況になっている。

「んああっ、賢吾ぉ、あんっ、乳首ぃ、はううんっ！　乳首もっ、ああんっ、そろそろぉ……んはあっ、あんっ……」

千咲が、喘ぎながらまた指示を出してきたため、賢吾はいったん愛撫の手を止めた。

突起への愛撫を意識すると、再び苦い思い出が脳裏に甦ってきてしまう。

「あの……乳首も、いきなり強くしたらマズイですよね？」

「そうだねぇ。刺激する力が強すぎると、気持ちいいどころか逆に痛くなるから、特に最初はなるべく優しくして欲しいかな？」

こちらの問いに、彼女がそう応じる。

（ああ、やっぱり……）

陽奈としたときは、何も考えず乳首を強く摘まみあげ、そのあと思い切りしゃぶりついてしまった。口で愛撫したときはともかく、指でしたときイマイチ感じているように見えなかったのは、やはり力が入りすぎていたせいなのだろう。

経験者から、こうして色々アドバイスを受けると、自分が巨乳同期生に対してどれだけ駄目なことをしたのかを、改めて痛感せずにはいられない。

そんな後悔の念を抱きつつも、賢吾は千咲の両方の乳首を軽く摘まんだ。

すると、彼女が「んあっ！」と甲高い声を漏らして、すぐに口をつぐむ。

美人ＯＬの様子を見ながら、賢吾は力を入れすぎないように気をつけて、突起を指の腹でクリクリと擦《こす》るように弄りだした。

「あんっ、んんっ、それっ、んむっ、んんっ、あうっ、んくうっ……！」

千咲が唇を噛んで声を抑えながらも、時折甲高い喘ぎ声を漏らす。

さすがに、あまり大声を出すと隣の五〇三号室に聞こえかねない、と考えているのだろう。確かに、隣室が不在なら問題はないが、在宅だった場合はあとでどうなるか分かったものではない。

ただ、女性が声を我慢している姿を見ていると、どうせならもっと喘がせたいという欲求も湧いてきてしまう。

とうとうその欲望を堪えられなくなった賢吾は、半ば無意識に突起を摘まむ指に力を込め、刺激を強めていた。

「あんんんっ！　ちょっ、それはダメッ！」

甲高い大声はどうにか抑えながら、千咲がやや厳しい口調で注意してくる。

「あっ。す、すみません。つい……」

我に返った賢吾は、慌てて愛撫をやめて彼女に謝った。

「もう。ラブホとか、声を出してもいいところならともかく、ここであんまり大声を出して、他人に気付かれたら面倒でしょ？　賢吾だって、あたしと噂になったら困るんじゃない？」

このように注意されると、こちらとしても「はい」と頷くしかない。

「分かればよろしい。で、せっかくだからそろそろ下もしてもらおうかな？」

その千咲の言葉に、賢吾は「下……」と口にしつつ、生唾を飲み込んでいた。

もちろん、既に陽奈のを見ており挿入もしているのだが、そこを指で触ってはいない。それだけに、女性器の感触への好奇心が抑えられなかった。

「じゃあ、まずは下着の上からしてくれるかな？」

美人ＯＬのその指示に、賢吾は緊張を覚えつつ「はい」と応じて、片手を彼女の下半身に伸ばした。そして、ショーツ越しにその中心部に触れる。

すると、布地を挟みながらも、うっすらと蜜の湿り気が指に感じられた。

それと同時に、千咲が「あんっ」と甘い声を漏らす。

「わっ。ぬ、濡れて……」

「ええ。久しぶりってこともあるけど、賢吾に愛撫されて、けっこう感じちゃってたんだ。そのまま、筋に沿って指を動かしてくれる？　ただし、力を入れすぎないように気をつけるんだぞ？」

驚きの声をあげた賢吾に、彼女がそう説明しつつ新たな指示を出してくる。

アドバイスに対し、賢吾は緊張を覚えながら「は、はい」と応じて、慎重に指を動かしだした。

「んあっ、あんっ、そうっ！　んんっ、それぇ、あんっ、気持ちいいよっ、んあっ、賢吾ぉ。んんっ、あふうっ……！」

愛撫に合わせて、千咲が甘い声で喘ぐ。

しばらくそうしていると、指に絡みつく蜜の量が次第に増してきた。

（千咲さん、本当に感じて……）

と思うと、頭に血が上ってきて、たちまち牡の本能が理性を上回ってしまう。

賢吾は、半ば無意識に指の力を強めて、布地越しに秘部を強く刺激していた。

「あんんっ！　賢吾、ダメッ！」

美人ＯＬのやや厳しい口調の注意で、我に返って慌てて愛撫をやめる。

「もう。興奮するのも分かるけど、オマ×コをあんまり乱暴に扱うのは駄目なんだぞ？」

「す、すみません……」

「そこはデリケートなんだから、気をつけてよね？　ただまぁ、せっかくだし、そろそろじかに弄ってもらおうかな？」

気持ちを切り替えるように、千咲がそんなことを口にする。

「じ、じかに……はい」

賢吾は、緊張しつつも彼女の指示に頷いた。そして、ショーツをかき分けて指を秘裂に這わせる。

「わっ、温かい。それに、愛液でネットリして……」

濡れそぼった女性器の感触を、指でダイレクトに感じた途端、賢吾は思わずそう声に出していた。

もちろん、ショーツ越しでもある程度は分かっていたが、直接触れてみると別物のように思えてならない。それに、布を挟まずに触った愛液には、思っていたより粘度があるように感じられる。

「ほらぁ。さっきみたいに、指を動かしてよぉ」

そう促されて、秘部の感触に浸っていた賢吾はようやく我に返った。

「あっ、はい。すみません」

と応じて、力を入れすぎないように意識しながら、指の腹で割れ目を擦るように愛撫しだす。

「んあっ、あんっ、それぇ！　ああっ、いいよっ、はあんっ……！」

たちまち、千咲が甘い喘ぎ声をこぼしだす。

（陽奈ちゃんとしたときは、こんな声を出させてあげられなかったよな……）

賢吾の心に、ついそんな思いがよぎる。

ただ、逆に今は美人OLをしっかり気持ちよくさせている、とも言えるだろう。

そう思うと、悔しさと悦《よろこ》びが入り混じった感情が湧き上がってきてしまう。

「んあっ、賢吾っ、はううっ、指っ、ああんっ、軽く挿れてぇ……ああっ、オマ×コッ、ふああっ、かき回してぇ」

千咲が、そう新たな指示を口にする。

それを受けた賢吾は、半ば無意識に従って指を秘裂に沈み込ませた。すると、蜜で濡れそぼった媚肉に指が包まれる。

（こ、これがオマ×コの中の……イカン、落ち着け）

また理性が吹っ飛びそうになったものの、賢吾はどうにか気持ちを落ち着けた。そして、言われたとおりに内側を慎重にかき回しだす。

「はううっ！　あんっ、んっ、はあっ、ああっ、んんっ、んむうっ……！」

喘ぎだした千咲が、途中で手の甲を口に当てて声を殺した。さすがに、これ以上は隣室や下の階に聞こえかねないと判断したのだろう。

（うわっ。愛液が、どんどん溢れてきて……）

賢吾は、蜜の量が一気に増してきたのを、指の感触で悟っていた。この反応から考えて、それだけ彼女が気持ちよくなっている、と見ていいだろう。

その昂りのまま、行為を続けようとしたとき。

「んはあっ。賢吾、ちょっとストップ」

手を口から離した千咲が、そう言って股間をまさぐる賢吾の手を摑んだ。

「あっ。な、なんか拙《まず》かったですか？」

「あー、ゴメン。違うんだ。これ以上されると、声を我慢しきれなくなりそうでさ。このままイッたとき、思わず大声が出ちゃったら、さすがに周囲に聞こえちゃいそうだし。もう、充分に濡れたから、そろそろ本番に移ろうと思ったんだよ」

不安になって問いかけた賢吾に対し、美人ＯＬが愛撫を止めた理由を説明する。

確かに、彼女の言葉には一理あった。いくら、しっかりした作りのマンションとはいえ、極端な大声まで防げるわけではない。絶頂の声などは、特に響く可能性がある気がする。

ただ、「本番」と聞いた賢吾の脳裏には、どうしても苦い記憶がよぎってしまう。

すると、こちらの心情を察したのか、千咲が言葉を続けた。

「大丈夫だよ。今回は、あたしが上になってあげるからさ」

「えっ？　あの、それって……？」

「騎乗位くらい、知っているよね？」

疑問の声をあげた賢吾に対し、彼女は妖しい笑みを浮かべながら訊いてくる。

そう言われて、ようやく美人ＯＬの意図を察した賢吾は、「ああ、なるほど……」と頷いていた。

どうやら、こちらが初体験で失敗したのを知っている千咲は、正常位など男性上位の体位を避け、自分がセックスの手本を見せようと考えたらしい。実際、そのほうが色々と勉強になりそうな気がする。

賢吾が納得したと見たのか、隣人ＯＬは膝の上からどいた。そして、躊躇う様子もなくショーツを脱いで、生まれたままの姿になる。

触ったときに薄々気付いていたが、彼女の股間のアンダーヘアは陽奈よりも毛の量が多かった。しかし、長さは短めで、逆三角形に綺麗に整えられているのが、なんとも色っぽく見えてならない。

賢吾がベッドに身体を横たえると、千咲がすぐにまたがってきた。そうして、躊躇する素振りも見せずに一物を握る。

彼女の温かな手に包まれると、それだけで心地よさがもたらされて、分身が自然にヒクついてしまう。先に一発出していなかったら、この時点で暴発していたかもしれない。

賢吾が、声をどうにか堪えながらそんなことを思っている間に、美人ＯＬはペニスの先端を割れ目にあてがっていた。

「それじゃあ、挿れるわねぇ？　んんんっ……！」

と、彼女が一気に腰を沈み込ませる。

（くうっ！　チ×ポが温かなオマ×コの肉に包まれて……）

賢吾は、陰茎から生じる甘美な性電気に、たちまち酔いしれていた。

正直、陽奈の中の感触はしっかり味わう余裕がなかったため、よく覚えていない。唯一、挿入してすぐに処女膜の抵抗があったのだけは、鮮明に記憶に焼きついているのだが。

千咲の中は、さすがに経験済みなこともあり、同期生のときにはあった抵抗もなくスムーズに肉棒を咥え込んでいく。

そうして、とうとう彼女は陰茎を根元までスッポリと呑み込んだところで、動きを止めた。

「んはあああっ！　んくぅ、賢吾のぉ、全部入ったよぉ」

美人ＯＬが、そんなことを口にしながら、濡れた目でこちらを見つめる。

だが、賢吾のほうはそれに対して言葉を返せずにいた。

（こ、これがオマ×コの中の感触……生温かくて、なんだかうねってチ×ポに絡みついてくるみたいで……だけど、これだけでもすごく気持ちいい！）

陽奈としたときは、ここまで到達した瞬間に射精してしまい、申し訳なさと情けなさですぐに肉棒を抜いたため、膣の感触を堪能する余裕がなかった。

今も正直、一発出して間もないというのに、腰のあたりに熱を感じている。出さずに挿入していたら、前回の二の舞になっていたのは間違いあるまい。

「んふう……見て分かっていたつもりだったけど、賢吾のチン×ン、すごぉい。本当に奥の奥まで届いているし、オマ×コが思い切り広げられてぇ……動いたら、あたしがおかしくなっちゃいそうだよぉ」

千咲が、陶酔した表情を浮かべながらそんなことを言いつつ、こちらの腹に手をついた。そして、自ら小さな上下動を開始する。

「んっ、んっ、あっ、あんっ、んあっ……」

抽送《ちゅうそう》を始めるなり、美人ＯＬの口から甘い喘ぎ声がこぼれだす。

「くうっ！　き、気持ちいい！」

賢吾のほうも、もたらされた快感を堪えきれず、思わずそう口走っていた。

膣肉で分身を擦られるたびに、得も言われぬ心地よい性電気が発生し、脊髄を伝って脳を灼く。

現実のセックスの気持ちよさは、自慰の際に想像していた以上のものだ、と言っていい。

陽奈のときは、これを味わう前に暴発したのだから、今さらながらに勿体《もったい》なかった、という思いを抱かずにはいられない。

とはいえ、今は目の前の美女との行為に集中したほうがいいだろう。

「んあっ、あんっ、すごっ、んはっ、こんなっ、ああんっ、いいオチ×ポッ、あんっ、あたしもっ、んああっ、初めてよぉ！　んはああっ、声がっ、はううっ、我慢できないぃぃ！」

上下動を続け、次第に喘ぎ声を大きくした千咲は、そう口走るなり上体を倒して賢吾に抱きついてきた。そして、そのまま唇を重ねる。

「んっ、んむっ、んじゅっ、じゅぶる、んんっ、んむぅっ……！」

彼女は、腰だけを器用に動かしながら、賢吾の口内に舌を入れてディープキスをし始めた。

するとと、ペニスからだけでなく舌の接点からも快電流が生じる。

なるほど、これならば大声を出す心配もなく、さらに舌でも快感を得られて一石二鳥かもしれない。

（ううっ……こ、これは気持ちよすぎる！　これが、本当のセックスなんだ……）

賢吾は、もたらされる快楽にすっかり浸りきっていた。

抱きつかれたことで感じる美人ＯＬの体温とバストの感触、分身と口内から訪れる心地よさ。そのすべてが、牡の本能を刺激してやまない。

おかげで、男性器を咥え、精液を受け止めた口でキスされているのも、不思議なくらいまったく気にならない。

「んっ、んむっ、んっ、んっ、んっ……！」

間もなく、千咲の腰使いが速く小刻みなものに変化しだした。それに合わせて、舌を絡ませつつこぼれ出る喘ぎ声のテンポも速まる。

（ううっ……そんなに激しくされたら、すぐに出ちゃいそうだよ！）

射精感が一気に込み上げてきて、賢吾は焦りを感じていた。

何しろ、挿入したこと以外は初体験の行為ばかりなので、美人ＯＬによってもたらされる快感を堪えるなど不可能と言っていい。

（だけど、このままだと中に……）

中出しに、まったく不安がないと言ったら嘘になる。が、キスで口をしっかり塞がれているため、今は危機感を訴えることもできない。

（千咲さんは、セックスの経験があるんだから、僕がもうすぐイキそうなのに気付いてないってことは、さすがにないと思うんだけど……）

しかし、分かっていて続けているならば、彼女は中出しを望んでいるということになる。

（い、いいのかな？）

そんな躊躇いの気持ちが湧いた瞬間、膣肉が収縮して分身に甘美な刺激がもたらされた。それがとどめになって、我慢の限界が訪れてしまう。

（ううっ、出る！）

背徳感と罪悪感を覚えつつ、賢吾は美人ＯＬの中にスペルマを注ぎ込んだ。

「んむうっ！　んんんんんんぅぅぅぅぅ‼」

同時に、動きを止めた千咲が身体を強張らせながら、くぐもった絶頂の声を寝室に響かせるのだった。

6

「ピチャ、ピチャ……」

「んっ、んむっ、んぐっ、んむ……」

秘部を舐める音と千咲のくぐもった声が、賢吾の部屋にやけに大きく響く。

(これが、オマ×コの匂い、それに愛液の味……うう、千咲さんにチ×ポを咥えられながら、こっちもこんなことをしているなんて、なんだかまだ信じられないよ)

分身からの快感に浸りつつ、舌を動かして彼女の秘裂を舐めている賢吾の心に、そんな思いがよぎる。

美人ＯＬと初めてセックスをして、数日後の土曜日の今日、賢吾はいつものように夕食の時間帯になってから、陽奈に保存容器入りの夕飯を届けた。もっとも、千咲と関係を持ってから巨乳の同期生とますます顔を合わせにくくなり、最低限の会話だけして早々に部屋を出たのだが。

そうして自室に戻ってきたところ、五〇一号室の前で薄着の千咲が待ち構えていた。

そのため部屋に上げると、彼女は「またエッチをしようよ？」と身体をすり寄せて誘惑してきたのである。

一度きりのレッスン、という話だったが、どうやら賢吾のペニスをすっかり気に入ってしまったらしい。

「あんなに感じたの、あたしも初めてでさ。賢吾のチン×ンを、忘れられなくなっちゃったんだよねぇ」

とは、千咲の弁である。

もちろん、賢吾は最初、彼女の誘いを拒もうとした。何しろ、初体験の失敗経験を上書きするため、ということでした一度目の千咲とのセックスでも、後ろめたさと罪悪感のあまり巨乳同期生と顔を合わせづらくなったのである。二度目の関係を持ったら、ますます気まずさを感じるようになるのは想像に難くなかった。

確かに、賢吾と陽奈は交際はおろか告白すらしていないので、他の女性とさらにねんごろになっても浮気扱いにはなるまい。それでも、同期生と一度しかしていないのに千咲と二回目をすることに、抵抗感を抱かずにはいられなかったのだ。

だが、「賢吾だって、あの一度だけでセックスのすべてをマスターした、とは思っていないでしょう？」と迫られたら、返す言葉がなかった。

そもそも、美人ＯＬがわざわざ賢吾を待っていて、さらに部屋に入りたがった時点で、誘惑される事態を予想していなかったと言ったら嘘になる。

何しろ、五〇一号室は最上階のもっとも外側なので、隣室は千咲が住む五〇二号室だけで、あとは下の階に気を使うくらいである。

つまり、千咲がここにいれば、多少の大声であれば問題にならないのである。おそらく、彼女も自室では五〇三号室がどうしても気になるため、賢吾の部屋でしようと考えたのだろう。

結局、こちらも性欲に負けて、「追加レッスン」という口実を受け入れてしまったのだった。

それから、前回はしていなかったクンニリングスを提案されたものの、いきり立った一物に気付いた千咲が方針を転換し、シックスナインになったのである。

もっとも、いくら聞こえにくいとはいえ、声を抑えたほうがいいのは間違いないので、少しでも出さずに済むプレイを選んだのかもしれないが。

そうして始めたこの行為に、賢吾はいつしか夢中になっていた。

初めて口をつけた女性器の匂いや温かさ、そして舌に広がる愛液の味。それらを感じているだけで、頭がボーッとしてしまい、今やひたすら秘裂を舐めて蜜を堪能することしか考えられない。

しかも、ペニスからはストローク運動による心地よさがもたらされているのだ。そのため、ますます思考力が奪われている。

すると、千咲が陰茎を口から出した。

「ふはあっ。カウパー、出てきたぁ。また、賢吾の濃いミルクを飲ませてぇ。レロ、レロ……」

と、彼女が先走り汁を舐め取るように舌を動かしだす。

（くうっ！　刺激が変化して……こっちも、負けていられないぞ！）

そんな思いに支配された賢吾は、半ば本能的に秘裂を割り開いて、媚肉に舌を這わせた。

「ピチャ、ピチャ……」

「んああっ、それぇ！　あんっ、んむっ、んっ、んぐっ、んぐっ……！」

甲高い声をあげた千咲が、また肉棒を咥え込んで顔を動かし始めた。しかし、股間からの大きな快感のせいか、その動きは先ほどよりも乱れている。

ところが、それがむしろ肉茎にイレギュラーな心地よさをもたらし、賢吾の舌使いも自然に乱れてしまう。すると、さらに美人ＯＬのストローク運動が不安定になる。

（ああっ。これ、ヤバイ！　すぐ出ちゃうよ！）

分身からの鮮烈な刺激に、賢吾は射精の危機感を抱かずにはいられなかった。

だが、シックスナインで自分だけ先にイクというのは、どうにも気分のいいものではない、という気がする。

そんな牡の本能の赴くまま、秘裂の奥で存在感を増している肉豆を舌先で舐め回しだす。

「んんーっ！　んっ、んむっ、んじゅぶっ、ぶじゅるっ……！　んっ、んんっ、むぐうっ……！」

相当な性電気が駆け抜けたのか、美人ＯＬの顔の動きがますます大きく乱れる。

それがとどめとなり、賢吾は舌先でクリトリスを押し込みながら、彼女の口内にスペルマをぶちまけていた。

「んんんんんんーっ!!」

千咲が、くぐもった悲鳴をあげて身体を強張らせる。

ほぼ同時に、秘部の奥から透明な蜜がプシュッと音を立てんばかりの勢いで噴き出してきて、こちらの口を濡らした。

そのため賢吾は、思わず「んぶっ」と声をあげ、秘裂から口を離す。

一瞬、尿をかけられたのかとも思ったが、特有の匂いがないことから違うものだとすぐに気付いた。ただ、激しい射精の余韻もあっていったい何が起きたのかは、まるで考えられない。

そうこうしているうちに、スペルマの放出が終わり、美人ＯＬが一物から口を離した。そして、身体を起こして賢吾の上からどくと、口内の精を「んっ、んぐっ……」と声を漏らしながら飲みだす。

精飲は前回も見ているが、未だに信じられない光景を目にしている、という感想を抱かずにはいられない。

「んん……ぷはあっ。賢吾のザーメン、やっぱり濃いし量も多くて、飲むのが大変。でも、とっても興奮しちゃうよ。それに、潮を吹くくらいイカされたのも、すごく久しぶりな気がするぅ」

精液を処理し終えた千咲が、恍惚《こうこつ》とした表情を浮かべながらそんなことを言う。

（ああ、そうか。あれが潮吹き……）

エロ漫画などの描写で、知識としてそういう現象があると知ってはいたが、実際に見たのは初めてである。

（僕が千咲さんを……女の人を、潮吹きするくらい気持ちよくさせられたんだ）

女性が必ず潮を吹くとは限らないし、潮吹きとエクスタシーは関係ない、という説もある。だが、少なくとも美人ＯＬは賢吾の行為で、それくらい感じてくれたらしい。

そう思うと、悦びと共に前回のセックスでもイマイチ得られなかった自信が、少しだけだがついたような気がした。

「はあー。あんなに出したのに、まだ大きいまま……ああ、もう我慢できない。賢吾、起きてくれるかな？」

射精直後にもかかわらず硬度を保っている一物を、熱っぽい目で見つめた千咲が、そう指示を出してくる。

ベッドに寝そべったまま余韻に浸っていた賢吾は、彼女の言葉でようやく我に返り、

「あ、はい」と慌てて身体を起こした。

すると、入れ替わって美人ＯＬが四つん這いになった。が、こちらは突然のことにどうしていいか分からず、呆然とするしかない。

「今回は、賢吾がバックからしてくれる？」

（ああ、なるほど。そういうことか）

ここまで来て、賢吾もようやく彼女の意図を察した。

前回は、千咲が主導していたので賢吾のほうはほぼ受け身だった。それだけに、一緒に達することができたものの、セックスへの自信を充分つけるには至らなかったと

言える。だから、彼女も今度は賢吾に主体的にさせようと考えたのだろう。

そのため、賢吾は「はい」と応じると、隣人の後ろに移動した。

白いヒップと、濡れそぼった秘部がこちらに突き出されているのを見ると、なんともエロティックに思えてならない。

賢吾は、唾液《だえき》とスペルマにまみれた一物を握り、角度を調整して美人ＯＬの秘裂にあてがった。そして、思い切って腰に力を込める。

すると、肉茎がズブリと女性の中に入り込んでいく。

「んああーっ！　入ってきたぁぁ！」

挿入と同時に、千咲が甲高い悦びの声をあげる。

構わず先に進んでいくと、間もなく下腹部がヒップに当たって、それ以上は行けなくなる。

そのため、賢吾はいったん動きを止めた。

「んはああ……やっぱり、賢吾のチン×ンすごぉい。バックでも、子宮に食い込む感じがするよぉ」

陶酔した表情で、美人ＯＬがそんな感想を口にする。

「う、動いていいですか？」

本能の求めに抗《あらが》えず、賢吾は彼女に問いかけた。

「んあ……いいよ。でも、いきなり激しくは駄目だぞ。ちゃんと、女性の反応を見ながら、気持ちよさそうな強さを見つけるようにしてよね？」

こちらの昂りを悟ったらしく、千咲がピストン運動の許可を出しつつ、アドバイスも口にする。

実際、危うく欲望のままに抽送してしまいそうだったので、賢吾はその言葉のおかげで少し冷静さを取り戻していた。

「分かりました。じゃあ、動きます」

と声をかけると、美人ＯＬの腰を摑んでゆっくりとした抽送を開始する。

「んっ？　あれ？　くっ、なんか上手く動けない」

ピストン運動を始めてすぐに、賢吾はそう戸惑いの声をあげていた。

アダルト動画などでは、男優はもっとリズミカルにしていたはずである。ところが、腰を引くと一物が抜けそうになるため、どうしても動きが不安定になってしまう。特に、強くしすぎないように意識していることもあって、なおさら動きづらい気がしてならない。

「んはっ、あんっ、賢吾っ？　ちょっと待った」

見かねたらしく、千咲がそう声をかけてきた。そのため、賢吾も動きを止める。

「んっ。腰を引くことは、あまり考えなくていいよ。押し込むことだけを意識したほうが、意外とやりやすいはずだからさ」

「押し込むだけ……わ、分かりました」

そう応じた賢吾は、腰の動きを再開した。

（あ、なるほど。確かに、これなら動きやすくて、力加減も調整しやすいな）

さすがは経験者のアドバイスと言うべきだろうか、指示どおりに抽送していると、すぐにあれほどぎこちなかったのが嘘のように、スムーズに腰を動かせるようになった。それに、動物的な体位だからなのか、慣れてくると実に抽送しやすく感じられる。

「あんっ、そうっ！　んはっ、いいっ！　はうっ、あんっ……！」

美人ＯＬの喘ぎ声もリズミカルになり、こちらの耳に心地よく響く。

そのため、賢吾はさらに抽送の速度を速めて突く力を強めた。

「んあああっ！　あんっ、んっ、んむぅぅぅ！」

一瞬、甲高い大声をあげた千咲が、枕に顔を埋めて声を殺す。

（くうっ。もう我慢できない！）

いよいよ情欲に支配された賢吾は、腰から手を離すと彼女の両乳房を鷲掴みにした。

そして、抽送を続けながらふくらみを力任せに揉みしだきだす。

「んんーっ！　んむっ、んあっ、いいよっ！　あんっ、んむっ、んぐうっ！　んんっ、むぐううっ……！」

千咲も相当に感じているらしく、時折顔を上げて甲高い声を出しつつ、くぐもった喘ぎ声をひたすらあげ続けていた。

そうしていると、絡みつくような膣肉が妖しく蠢《うごめ》いて、ペニスにいっそう甘美な刺激がもたらされる。

「ち、千咲さんっ、僕もう……抜きますよ？」

「んんっ、んはあっ、駄目ぇ！　んああっ、中っ！　あんっ、またっ、あううっ、中にちょうだぁい！　あむっ、んんっ、んむうっ……！」

こちらの訴えに対して、枕から口を離した美人ＯＬが中出しをリクエストしてきた。

（また中って……大丈夫なのかな？）

そんな不安が脳裏をよぎったが、射精寸前でさすがにあれこれと考える余裕はない。

（千咲さんが、いいって言うんだから……）

結局、そう割り切った賢吾は、ラストスパートとばかりにピストン運動を速めた。

「んっ、んっ、んっ、んんっ……んむううううぅぅぅぅぅぅ!!」

すぐに、枕に顔を埋めた千咲がくぐもった絶頂の声をあげて、全身を硬直させた。

それと同時に、膣肉が激しく収縮して肉茎にとどめの刺激をもたらす。

限界を迎えた賢吾は、「くうっ！」と呻くなり動きを止めて、美人ＯＬの中にできたてのスペルマを注ぎ込むのだった。

第三章　むっつり美女と肉欲舐り合い

1

「じゃ、じゃあ、陽奈ちゃん。僕はこれで」

巨乳同期生に夕飯を届けた賢吾は、何か言いたげな彼女に背を向けると、そそくさと部屋をあとにした。

「はぁ。やっぱり、すごく気まずい……」

廊下に出ると、ついついため息交じりに愚痴めいた独り言が口を衝《つ》く。

案の定と言うべきか、千咲と二度目のセックスをしてから、賢吾はますます陽奈に対する後ろめたさを抱くようになった。今や、目を合わせての会話もまともにできないほどである。

いっそのこと、隣人の美人ＯＬとの関係を打ち明けてしまえば、気が楽になるのかもしれない。だが、それによって同い年の同期生がどんな反応を見せるのか想像がつかず、どうしても話せずにいるのだ。

（そりゃあ、いつまでもこのままでいいとは思ってないし、千咲さんからは「いっそ、あたしと付き合わない？」なんて言われたけど……）

千咲は、二度目のセックスのあと「あたしがお金を稼いで、賢吾が専業主夫っていうのもありかも」と言っていた。さすがに冗談めかした言葉だったが、そう口にするくらい賢吾のペニスをすっかり気に入ったらしい。

確かに、仕事はできるが家事が致命的に駄目な千咲を支えられるのは、賢吾のように炊事や掃除を苦にしない男だけだろう。

それに、彼女は美人な上に身体の相性もいいので、共に暮らすようになれば夜の生活も充実しそうだ。

また、隣人ＯＬのことを好きか嫌いかと問われれば、間違いなく「好き」と答えるくらい、心惹《ひ》かれるものは感じていた。もしも巨乳同期生の存在がなければ、賢吾も彼女の言葉を本気で受け入れていたかもしれない。

だが、それでは陽奈を捨てて美人ＯＬを選べるかというと、そこまでの踏ん切りをつけるのに現時点では躊躇いがある。

結局、賢吾はなんとも中途半端な気持ちのまま、二人の美女に食事を届け、隣室の部屋を掃除する、という生活を続けていた。

(いずれは、ちゃんと結論を出さなきゃいけないし、まだ付き合ってないとはいえ陽奈ちゃんに千咲さんとの件は説明するべきなんだろうけど……それを上手くやれる自信があったら、苦労してないんだよなぁ)

とにかく、もともと女性と話すのが苦手なので、気になる相手に他の女性との関係について説明するのは、極めてハードルが高く思えてならない。

何より、陽奈の自分に対する気持ちが分からないので、どこまで話していいか見当がつかないのだ。

かと言って、巨乳同期生に「僕のこと好き?」と訊く度胸など持ち合わせていない。それができるようだったら、二十歳まで男女交際経験ゼロで過ごさなかったはずだ。

そうして、あれこれ悩んだものの、結局は現状維持という状況に甘んじている。もちろん、このままではいけないとは思っているのだが、他に手を思いつかないのだから仕方があるまい。

そんな己の性格を、今さらのように情けなく思いながら、エレベーター横の階段に向かう。

料理を運ぶときは別として、賢吾は二階分を移動する程度であれば、基本的に階段を利用していた。特に、最近はやや運動不足気味なので、少しでも歩いておきたいのである。

そうして、階段を上ろうとしたとき、賢吾は下り階段の踊り場の手前で、グッタリと座り込んでいる人の姿を見つけた。

後ろ姿なので顔は分からないが、髪がボブカットで紫色のダウンジャケットにロングスカート姿なので、女性なのは間違いない。

彼女を目にした途端、賢吾の心に陽奈や千咲との出会いが甦った。

（なんとなく、二度あることは三度ある、になるような気が……）

という、予感めいた思いが湧き上がる。

（僕は上に行くんだし、いっそ無視しようかな？）

そうも考えたが、気付いてしまった以上は放っておけないのが自分の性分《しょうぶん》である。

「はぁ、仕方がない。あの、大丈夫ですか？」

賢吾が声をかけると、階段に座り込んだ女性がこちらに目を向けた。

そうして顔を見たとき、賢吾は一瞬、息を呑んでいた。

彼女は、やや垂れ目気味ながらも目鼻立ちがなかなか整った清楚そうな美女で、賢吾と陽奈より年上なのは間違いあるまい。見た感じ、千咲と歳が近いような気がする。ただ、見た目は少しおっとりタイプという印象で、キツめに見える美人ＯＬとは真逆な雰囲気の持ち主だ。

しかし、その美貌からは覇気がまるで感じられず、心底疲れ切っている様子が伝わってくる。

「ああ、ごめんなさぁい。〆切ギリギリに、漫画の原稿を担当さんに送信したから、買い物しようと思ったんですけどぉ、二徹だった上にお腹が空きすぎてぇ……」

なんとも弱々しい声で、女性がそんなことを言った。

どうやら、彼女は漫画家らしい。そして、今の言葉から察するに食べる間も惜しんで仕事をし、なんとか原稿を仕上げて買い物に出ようとしたようだ。しかし、二日間の徹夜の疲労と空腹で動けなくなって、階段でへたり込んでしまったのだろう。

とにもかくにも、予想が当たって賢吾は思わず、「ああ、やっぱり……」と口にしていた。

「やっぱり？」

「あ、すみません。いや、このところ似たようなことが立て続けにあったから、もしかしたら空腹なんじゃないか、って思っていたんです」

「あらぁ？　わたしみたいな人、他にもいたのねぇ……」

と口にした彼女だったが、その声からますます力がなくなってきた。このままでは、本当に動けなくなってしまうだろう。

「えっと、もしよかったら、ご飯をご馳走しましょうか？　肉じゃがを多めに作ってあるから、すぐに出せますよ？　それに、米も炊いてあるし」

さすがに放置できず、賢吾はそう提案していた。

今日、千咲は「退職する同僚の送別会があるから夕食はいらない」と言っていたのだが、賢吾は明日の弁当や昼食用にしようと、肉じゃがを多めに作っていた。目の前の女性に食べさせると、諸々《もろもろ》の予定が狂ってしまうものの、メニュー構成を急遽変更するくらいは、特に問題なくできる。

「本当にぃ？　それじゃあ、お言葉に甘えようかしらぁ……えっと？」

「あ、僕は五〇一の桜田賢吾って言います。大学生で、四月から三年生です」

「わたしは、三〇五の内海佳奈恵。二十九歳でぇ、一応はプロの漫画家よぉ」

（へぇ。五号室ってことは、２ＬＤＫに住んでいるんだ。「一応」なんて言っているけど、２ＬＤＫに住めるくらいは稼いでいるってことだよな？）

佳奈恵の自己紹介を聞いて、賢吾は内心で感心していた。

コンフォート弥智与は、都心部に比べれば家賃が安いものの、２ＬＤＫともなるとさすがにそれなりの金額はする。そこに住める彼女は、意外と有名な漫画家なのかもしれない。

「えっと……それじゃあ、内海さん？」

「佳奈恵、でいいわよぉ。わたしも、賢吾くんって呼ばせてもらうからぁ」

「あっ、はい。じゃあ、その、佳奈恵さん？　立てますか？」

「なんとかぁ。でも、手を貸してもらえるかしらぁ？」

そう言われて、賢吾が差しだした手を彼女が取って「よいしょ」と立ち上がる。

（うわっ。意外と、柔らかくて……）

初対面の美人漫画家に手を握られた賢吾は、陽奈や千咲とは違った胸の高鳴りを覚えずにはいられなかった。

2

その日も、巨乳同期生の部屋に夕食を届けた賢吾は、そのまま三〇五号室に向かった。そして、ＩＣカードをかざして鍵を開け、「お邪魔します」と中に入る。

部屋の主の佳奈恵は、靴があるので在宅なのは間違いないが、仕事部屋の六畳間にこもっているらしく返事がない。

とはいえ、彼女が仕事中はノイズキャンセリングヘッドホンで雑音をシャットアウトしているのは分かっているので、賢吾は気にせず靴を脱いだ。

コンフォート弥智与の２ＬＤＫは、玄関を上がると小さな廊下があり、凹の字のように脱衣所を兼ねた洗面所、トイレ、そしてリビングダイニングに通じるドアが設けられている。玄関を入るといきなりキッチン、という１Ｋとの間取りの差に、賢吾は初めて入ったとき大いに驚いたものだ。

十二畳のリビングダイニングに入ると、四人掛けのダイニングテーブルを挟んで向こう側に対面式キッチン、リビング側には二×二の対面ソファのセットが置かれている。これは、来客や将来的にアシスタントが必要になったときなどに使えるように、先行投資的に揃えたそうだが、現時点で雇う予定はないようだ。ただ、賢吾も四人分の席があることに最初は困惑せずにはいられなかったものである。

さらに、リビングを挟むように左右にドアがあり、それぞれ佳奈恵の仕事部屋と寝室となっている。

賢吾は、手に持っていたバッグから保存容器を取り出し、夕飯の用意を始めた。

あれから一週間、毎日やっていることなので、もう戸惑いもなくサクサクと準備を進められる。

(同じ階だからっていうのもあるけど、陽奈ちゃんのところに行ったあとに佳奈恵さんの部屋で夕飯や明日の用意をするのも、すっかり日課になっちゃったなぁ)

手を動かしながら、賢吾はそんなことを思っていた。

一週間前、佳奈恵に料理を振る舞ったところ、案の定、彼女からも「お金を払うから、これから毎日ご飯を作って」と懇願されたのである。

ただ、賢吾は当初、迷って即答できなかった。

もちろん、既に二人にご飯を作っているので、一人増えても食材の量が変わるだけで、作る手間の増加分くらいは許容範囲と言える。

しかし、ただでさえ陽奈や千咲との関係にも悩んでいるのに、さらに別の女性を加えていいものか？

そんな思いがあって、九歳年上だという美人漫画家の願いを受け入れるのに、躊躇いがあったのである。

それでも、最終的に引き受けると決めたのは、佳奈恵のペンネームが「つみえかな」だと知ったからだった。

　エロ漫画家「つみえかな」は、十年ほど前から夏と冬の同人誌即売会で作品を発表しだし、人気エロゲームの原画を担当して知名度を上げた。そして、ほぼ三年前に月刊のエロ漫画雑誌でプロ漫画家デビューを果たしたのである。

　ちなみに、プロデビューした時点で彼女は即売会に作品を出さなくなったが、その頃の同人誌は今や買い取り価格でも定価の何倍ものプレミアがついている。

　ただ、即売会時代の佳奈恵は身バレを警戒して、同人誌の販売を他所《よそ》のサークルに委託していた。そのため、「女性」というのは知られていたものの、その容姿についての情報は、まったくと言っていいほど出回っていない。

　唯一、ゲームメーカーの人間がＳＮＳで「美人だ」と漏らしたのが、「つみえかな」に関する数少ないデータだったのである。

　しかし、佳奈恵の容姿は、こちらの予想を遥かに超える美しさだった。正直、これほどの美女がエロ漫画を仕事として描いているのが、最初は信じられなかったくらいである。

　彼女の漫画は、同人誌時代から絵の美麗さやエロさはもちろん、繊細なキャラの心理描写にも定評があり、掲載雑誌でもトップクラスの人気を誇っている。

実は、賢吾も「つみえかな」の漫画は電子書籍で単行本を買って、しばしば自慰のオカズに使うくらい気に入っていた。ファンだ、と言ってもいいだろう。

この美貌で、エロさ溢れる漫画も描けるのだから、まったく大したものだとしみじみ思わずにはいられない。

そんな人間が、偶然にも同じマンションに住んでおり、しかも自分のご飯を絶賛して、「毎日作って」と求めているのだ。これを断ったら、ファンの名折れではないだろうか？

こうして、事情を説明した陽奈と千咲からは、かなり微妙な視線を向けられつつ、賢吾は一日一回、夕食の時間帯に佳奈恵の部屋を訪れるようになった。そして、食事の用意や軽い掃除などもしているのである。

ちなみに、佳奈恵にも同期生とＯＬのことを改めて説明したが、出会ったときに「食事を作っている人がいる」と話していたからか、あっさりと納得してくれた。

とはいえ、さすがに「他の二人に、ちゃんと挨拶したほうがいいのかしらぁ？」と言われたときは、焦って制止したのだが。

いずれは、そういう機会を持つべきかもしれないが、少なくとも今の段階では時期尚早だろう。というか、賢吾自身が特に陽奈との距離感を摑みかねているので、事態を今よりも複雑化させたくなかったのだ。

なお、佳奈恵への食事の用意は、夕食の時間帯だけである。それは、彼女が普段から昼夜逆転に近い生活をしているからだった。朝、眠っているのに部屋へ行くと睡眠の邪魔をしかねない。そのため、主に準備するのは夕飯で、あとは寝る前や起き抜けに軽くつまめるものを冷蔵庫に入れている。

食事の用意を終えると、賢吾は仕事部屋のドアをノックした。

「佳奈恵さん、晩ご飯ができましたよ？」

と声をかけると、少しして「はーい」と美人漫画家の声がした。そして、ドアが開いて上下とも黒のジャージ姿の佳奈恵が姿を現す。

「いらっしゃぁい、賢吾くん。いつもありがとうねぇ」

「いえいえ、つみえかな先生のお役に立てるなら光栄ですよ。それに、お金ももらっていますからね」

彼女の礼に対して、賢吾は少しおどけて答える。

「まぁ、わたしは家事ができないわけじゃないけどぉ、どうしても仕事を優先して横着しちゃうのよねぇ。特に、ご飯はお弁当なんかで手抜きができちゃうからぁ、よっぽど暇じゃない限り作る気にならないしぃ。そもそも、賢吾くんのご飯は自分で作るより美味しいから、頼りたくなっちゃうのよぉ」

と、佳奈恵が苦笑いを浮かべながら言った。

彼女は、陽奈や千咲と違って家事そのものはできるが、漫画を描くのが最優先なため、いつも必要最小限のことしかやっていなかった。

ただ、動けなくなったときは原稿の追い込みで、弁当を買いに行く時間的な余裕もなく、最後の食事が栄養ゼリー一つだったと言う。二徹しながらそれでは、あの状態になったのも無理はあるまい。

もっとも、おかげでファンの漫画家と知り合えたのだから、賢吾にとっては幸運だったと言えるかもしれないが。

(それにしても、陽奈ちゃんや千咲さんも僕の料理を気に入ってくれたし……なんだか、本当に餌づけをしている感じだよなぁ)

という思いを抱きながら、賢吾はダイニングテーブルに向かう佳奈恵の後ろ姿を、ついつい目で追いかけていた。

(佳奈恵さん、仕事をしやすいようにって髪をボブカットにして、室内着もジャージで……やっぱり、本物のプロは違うよな。僕も、お金をもらって三人にご飯を作っているんだから、ちょっとプロみたいだけど……佳奈恵さんほどの覚悟があって、やっ

ているわけじゃなくて趣味みたいなもんだし、ご飯を振る舞うようになったのも完全に偶然の産物だからなぁ）

佳奈恵は、小学生の頃から漫画家を志し、高校卒業と同時に売れっ子の一般漫画家のアシスタントをするようになった。が、たまたま見かけたエロ漫画に衝撃を受け、そちらの方向に進みたいと思ったらしい。しかし、いきなりその方面でやるのは厳しいと考え、仕事と並行して「つみえかな」名義でエロ同人誌を描くようになった。

ちなみに、その頃には親の紹介で知り合った、結婚を前提にした交際相手もいたそうだ。だから、身バレを警戒して同人誌の販売を他所に委託していたという。

だが、彼は佳奈恵に漫画家の夢を捨てて専業主婦になるのを強く望み、価値観の違いをどうしても埋められずに別れたのである。

この際、相手の肩を持つ両親とも仲違いしてしまい、数年たった今も関係の修復はできていない、という話だ。

それからしばらくして、同人誌を見たアダルトゲームメーカーから声をかけられた彼女は、アシスタントを辞めてゲームの原画を担当し、それがヒットしたおかげで雑誌社の目に留まって、遂に念願のエロ漫画家デビューを果たした。

しかも、雑誌の人気アンケートで常に上位ということで、昨年十月からは初めての連載漫画を描くようになったのである。

このように、紆余曲折がありながらも頑張って夢を叶えた彼女は、未だに将来の目標を持てずにいる賢吾からすると、なんとも眩しく見えてならなかった。

3

その日、賢吾は佳奈恵から事前に「晩ご飯のときに相談がある」と言われていたため、普段は最後にする千咲の部屋への訪問を最初にした。

当然と言うべきか、部屋の主は今日も残業で不在だったので、おかずやご飯などを保存容器ごと冷蔵庫に入れておく。あとは、帰ってきてから電子レンジで温めれば、すぐに食べられるという寸法である。

そして、賢吾は陽奈の部屋に寄って食事を届けてから、料理を入れたバッグを肩にかけて三〇五号室に行った。そうして、いつものようにチャイムを鳴らさずＩＣカードをかざして鍵を開け、「お邪魔します」と玄関に入る。

『あっ。賢吾、いらっしゃぁい。早く入ってぇ』

「うおっ。佳奈恵さん、仕事中じゃなかったんですね？」

思いがけず、美人漫画家のおっとりした返事がリビングダイニングから聞こえてきて、賢吾は驚いてそう口にしていた。

普段のこの時間、彼女は原稿にかかりきりになっているはずである。もっとも、相談を持ちかけてきたのだから、仕事を切り上げて待っていてもおかしくはないが。

賢吾がドアを開けて中に入ると、佳奈恵はリビングのソファに座っていた。

ただ、その服装を見て、賢吾は思わず目を大きく見開いて立ち尽くした。

初めて会ったときこそ外出着だったが、彼女はいつも室内ではジャージ姿である。ところが今は、白い長袖のブラウスに紺色のフレアスカートという格好をしていたのだ。外出着としてはラフかもしれないが、このままどこかに出かけると言われても違和感はない。

しかも、普段はスッピンなのに、今は薄くだが化粧をしているのは明らかだ。

「えっと、賢吾くん？　やっぱり、わたしがこういう服を着ているのって、なんか変かしらぁ？」

そう訊かれて、賢吾はようやく我に返った。

「い、いえ、その……普段、部屋の中では見ない格好だから、ちょっとビックリしただけで……これから出かけるか、それとも出かけた帰りですか？」

「ううん。そういうわけじゃないんだけどぉ、そのぉ……いつもの服装だと話しにくいというかぁ、ちょっと気合いが必要だったというかぁ……」

と、佳奈恵が視線を泳がせ、しどろもどろになりながら応じる。

(話しにくい？　気合いが必要？　いったい、どんな話をする気なんだろう？)

そんな疑問はあったが、賢吾はひとまず持ってきた料理をダイニングテーブルに出した。それから、ソファのほうに移動して美人漫画家の前に座る。

「ええと、何か相談があるってことでしたけど？　でも、僕は漫画は読む専門なんで、読者として以上の視点はないですよ？」

賢吾は、先んじてそう言っていた。

実際、漫画について相談されたとしても、絵心がないため答えられることはほぼない。もちろん、彼女が読者から見た感想などを知りたいのなら、少しくらい力になれるかもしれない。だが、それ以上は協力できることなどないに等しいだろう。

すると、佳奈恵が言いづらそうに口を開いた。

「あ〜……うん。漫画の話も絡んでいるんだけど、えっとぉ……いつもご飯を持ってきて、お掃除もしてくれている賢吾くんに、お礼をしたいなと思ってぇ」

「お礼ですか？　お金は充分すぎるくらいもらっているし、別に気にしなくてもいいですよ」

賢吾は、肩をすくめながらそう応じていた。

今の賢吾は、三人から食費と手間賃を受け取っているおかげで、下手なアルバイトをするよりも実入りがいいくらいだった。

何しろ、こちらが減額を申し出ても、陽奈と千咲は現在の支払額を維持することを頑《がん》として譲らなかったのである。おまけに、佳奈恵までが「高いほうと同じ額を払う」と主張した。

「わたし、漫画のこと以外でお金をほとんど使わないから、なんならもっと多くしてもいいしぃ」

とまで言われたときは、さすがに賢吾もどうしたものかと頭を痛めた。そうして、すったもんだの末に、社会人の千咲と同額で落ち着いたのである。

それだけ、美人エロ漫画家も料理を気に入ってくれた、ということなのだろうが、正直に言っていささかもらいすぎなので、むしろこちらが申し訳なく思っているくらいだった。

しかし、単に家事のお礼がしたいという話であれば、わざわざあのような服を着て化粧までする意味はあるまい。

そう考えた賢吾が、頭に疑問符を浮かべていると、彼女が立ち上がってこちら側にやって来た。そして、隣に座ると身体を押しつけるように密着してくる。

美女の突然の行動に、賢吾は「か、佳奈恵さん⁉」と素っ頓狂な声をあげてしまう。

「賢吾くん？　わたしを抱いて……いいわよぉ？」

こちらの反応に構わず、佳奈恵が耳元で囁くように言う。

「なっ……何をいきなり？」

「んもう。わたしだって、セックス経験がある女なのよぉ。性欲はあるし……っていうかぁ、エッチなことが好きだからエロ漫画家なんてやっているんだしぃ、若い男の子が毎日家に来ていて、何も思わないはずがないでしょう？　それともぉ、賢吾くんはわたしみたいな年増《としま》に、興味はないのかしらぁ？」

そう問われて、賢吾は首を横に振っていた。

実際、千咲はもちろん陽奈ともタイプは違うが、佳奈恵も充分過ぎるくらいに魅力的な女性だ、とは意識していたのである。もっとも、普段はジャージ姿でスッピンということもあり、そこまでムラムラせずに済んでいたのだが。

しかし、カジュアルとはいえある程度きちんとした格好で迫られると、今まで抑えていた牡の本能が自然に鎌首《かまくび》をもたげてしまう。

もしも、陽奈や千咲と関係を持っていなかったら、据え膳食わぬは男の恥とばかりにこの誘惑をあっさり受け入れていたに違いない。

(だけど、ただでさえ千咲さんと二回もエッチして、陽奈ちゃんと顔を合わせづらくなっているのに、佳奈恵さんとまでしちゃったら……)

その場合、巨乳同期生とこれからどう向き合うべきか、本気で分からなくなってしまいそうだ。

「で、でも、佳奈恵さんは漫画家で……あの、僕みたいな一ファンなんかと……」

「その漫画のためにもぉ、賢吾くんにエッチして欲しいんだけどねぇ」

賢吾が、なんとか思いとどまらせようとそっぽを向きつつ口を開くと、彼女はそんなことを言った。

「えっ？　漫画のため？」

意外な言葉に、賢吾は驚いて思わず佳奈恵に目を向ける。

「ええ。実は最近、アイデアで行き詰まっているのよぉ」

と、美人漫画家が事情を話しだした。

昨年十月から、彼女は月刊エロ漫画雑誌に初の連載漫画を掲載している。その作品は、毎話アンケートで一位を取り、ネットでの評判も非常にいい。そのため、賢吾は順調に仕事をしていると思っていた。

ところが、実際は三話以降のアイデア出しやネームでかなり苦戦しており、毎回ギリギリまで直しをしてから作画に取りかかっていたらしい。

だが、アイデアやネームにＯＫが出るまで時間がかかれば、当然、下書きやペン入れ、着色といった作業も玉突き的に遅れてしまう。ましてや、佳奈恵はペン入れ段階までをアナログで行なっているので、それなりの作業時間が必要なのだ。

ならば、アシスタントを雇えばいいのでは、と素人は思うのだが、最初からいればまだしも、途中から参加させると作業に慣れるまで、逆にペースが落ちかねないらしい。今ですら〆切ギリギリでやっているのに、アシスタントを入れて遅れたら、本末転倒ではないか？

こうして、一人で必死に原稿を仕上げる状況が、ここ二号ほど続いていた。それ故に、食事がおざなりになって栄養ドリンクやゼリーに頼り切るなど、生活習慣が大幅に乱れていたのである。

「なんでまた、そんなに苦労する羽目に？」

「大きいのは、読み切りと連載の違いかしらねぇ？　読み切りだと、一話の中でお話を全部完結させせられるけどぉ、連載は次を楽しみにしてもらえるように終わらせないといけないから、お話の作り方が難しいのよぉ。それに、連載だからってエッチシーンは疎《おろそ》かにできないからぁ、毎回どうやって自然な流れで盛り込むかで、頭を痛めているのぉ」

「ああ、なるほど……」

これまで、「つみえかな」の作品は一話完結の読み切りが大半で、長いものでも前後編だった。そんなスタイルに慣れた人間が、一年かそれ以上続くことが前提の連載漫画をやるとなれば、話の展開などで悩むのは当然かもしれない。いわんや、エロ漫画雑誌で掲載している以上、毎話エッチシーンがあるのは必須だ。その苦労は、一般誌にはないものだと言える。

「それでねぇ、次号の分のネームにはやっとOKが出て、下書きに取りかかれたんだけどぉ、その次の話で使うエッチのアイデアにすっかり行き詰まっちゃってぇ……男の人と実際にしたら、何か突破口が開けるんじゃないかって考えたんだけどぉ、男なら誰でもいいって開き直るのは、わたしには無理だからぁ……でも、賢吾くんとならしてもいいって思ったのよぉ」

と、美人漫画家が熱っぽい目を向けながら話し終えた。

（佳奈恵さん、そこまで僕を気に入って……）

お金をもらえることもあるが、賢吾は「つみえかな」の一ファンとして協力したいという気持ちから、彼女の食事の用意や簡単な掃除をしていた。

だが、佳奈恵にとって賢吾は既にそれ以上の存在になっていたらしい。推しの漫画家がそこまで自分を高く買ってくれているのは、純粋に嬉しく思えた。

(だけど、僕はやっぱり陽奈ちゃんと千咲さんとのことが……)

そんな躊躇いを抱いていると、焦《じ》れたらしく佳奈恵が頬を手で挟んできた。そして、こちらが言葉を発するよりも早く顔を近づけ、唇を重ねてくる。

(か、佳奈恵さんからキスを……)

彼女の唇の感触が広がった瞬間、賢吾の頭は真っ白になり、思考回路がたちどころに停止した。

清楚そうな年上美女が、自ら口づけしてきたこと自体、驚きではある。とはいえ、肉体関係を結んだ交際相手がいたのだし、エロ漫画家という職業から考えても、彼女が見た目に反して性的なことに積極的なのは間違いあるまい。

朦朧としながら、賢吾がそんなことを考えていると、口内に軟体物が入り込んで舌に絡みついてきた。それが佳奈恵の舌なのは、千咲とのディープキスの経験があるのですぐに理解できる。

（うう……き、キスが気持ちよくて……）

濃厚な口づけで舌から生じた快電流が脳に送りこまれ、賢吾は理性がたちまち吹っ飛び、頭の中が牡の本能に支配されていくのを感じていた。

4

「んぐ、んぐ……」

「くうっ、か、佳奈恵さんっ。ううっ……」

美人エロ漫画家の寝室に、彼女のくぐもった声と賢吾の喘ぎ声が響く。

今、仁王立ちした賢吾の足下には、紫色でアダルトなレースの下着姿の佳奈恵が跪き、ペニスを咥え込んでストロークをしていた。

そうして彼女が動くたびに、賢吾の脊髄に甘美な快感が走り抜け、声が自然にこぼれ出てしまう。

（まさか、佳奈恵さんが僕を寝室に入れてくれるなんて……）

美人漫画家の部屋の掃除もしているとはいえ、基本はリビングダイニングのみで、たまに請われて仕事部屋に掃除機をかけたりするくらいだった。さすがに、佳奈恵も交際しているわけでもない男に、己の聖域である寝室の掃除までは求めなかったのだ。

そんな彼女が、今は賢吾を寝室に招き入れ、こうして肉棒に奉仕してくれているのである。それだけ、こちらを気に入ってくれた証明なのだろう。

佳奈恵の寝室は、あるものがダブルベッドとウォークインクローゼットと化粧台だけという、なんとも質素な空間だった。それは、彼女が寝室を睡眠と着替えと化粧のとき以外に使っていないからなのは、間違いあるまい。

ベッドがダブルサイズなのは、果たして将来を見据えたからなのか、単に大きいベッドで寝たいからなのか、それは本人の口から聞いていないので不明である。

とにかく、個人の聖域の寝室に入れてもらえたこと、そしてフェラチオされていることを意識するだけで、いつ暴発してもおかしくないくらいの昂りが生じて、分身がいきり立ってしまう。

すると、佳奈恵が肉茎を口から出した。

「ぷはあっ。わたしも、そんなに数を知っているわけじゃないけどぉ、こんなに大きいオチ×ポ、生で見たのは初めてよぉ。ところで、賢吾くぅん？　もしかしてぇ、フェラは誰かにしてもらった経験があるのかしらぁ？」

「それは……はい」

彼女の問いに、正直に答えるべきか迷ったが、賢吾は素直に首を縦に振った。

どのみち、行為を続けられたらバレるのだろうから、誤魔化しても仕方があるまい。

「やっぱりねぇ。初めてにしては、そこそこ余裕があるように見えたからぁ。真島さんと宮下さん、だったかしらぁ？　両方と、もう経験しているのぉ？」

「いえ、その、千咲さんだけで……陽奈ちゃんとのときは、お互いに初めてだったから……」

そう口にすると、最近思い出す頻度《ひんど》が減っていた苦い記憶が、また甦ってきてしまう。やはり、初体験のあの失敗はどれほど忘れようとしても、おいそれと払拭できるものではないようだ。

「なるほどぉ。それじゃあ、パイズリの経験はどうかしらぁ？」

「ほえっ？　ぱ、パイ……それは、ありません」

思いがけない単語を聞いて、賢吾は心臓が大きく高鳴るのを覚えながら、正直に答えていた。

実際、パイズリは千咲もしてくれなかった行為である。何しろ、一回目はフェラチオだけで達したし、二回目はシックスナインだったために機会がなかったのだ。

それに、やればできる大きさではあろうが、美人ＯＬのバストはその行ないを堪能するには少々ボリューム不足かもしれない。

「そうなのねぇ。じゃあ、わたしがしてあげるわぁ」

「えっと……い、いいんですか？」

美人漫画家の提案に、賢吾は思わずそう問いかけていた。

アダルト動画やエロ漫画などを見て、胸での奉仕に憧れを抱いていなかったと言ったら嘘になる。しかし、まさかあの「つみえかな」にしてもらえるとは、夢のような話という気がしてならなかった。

「ええ。実はぁ、わたしもパイズリの経験がなくてぇ。漫画でパイズリシーンは描いているけどぉ、全部動画や他の人の漫画を参考にしての想像だから、自分ではイマイチ納得できていなかったのよぉ。だから、オチ×ポを挟んだときの感覚なんかを、いっぺん実際に体験してみたい、って思っていたのぉ」

と、佳奈恵が少し恥ずかしそうに言う。

どうやら、これは漫画のためでもあるらしい。つまり、賢吾だけがいい思いをするわけではないようだ。

「そういうことなら……お、お願いします」

「はーい。ちょっと待っててねぇ」

そう言うと、佳奈恵が背中に手を回して、ブラジャーのホックを外した。そうして、乳房を隠していた下着を腕から抜き取り、傍《かたわ》らに置く。

賢吾は、初めて生で見た美人漫画家のバストに、思わず目を奪われていた。

大きさが、千咲以上で陽奈未満というのは、既に分かっていたことではあるが、やや滴型の形状が目を惹いてやまない。

そんなこちらの視線を知ってか知らずか、彼女は躊躇する素振りも見せず胸の谷間を肉棒に近づけた。そして、手でふくらみを寄せると、一物をスッポリと包み込む。

「ふおっ！　こっ、これっ！」

柔らかさと弾力を兼ね備えたモノに分身を包まれた途端、甘美な性電気が脊髄から脳天を貫き、賢吾は思わず素っ頓狂な声をあげておとがいを反らしていた。

ただ包み込まれただけで、これほど気持ちいいのであれば、動かれたらいったいどうなってしまうのだろうか？

「んふ。賢吾くん、気持ちよさそう。でもぉ、パイズリはこれからが本番なんだからねぇ？」

楽しそうにそう言うと、佳奈恵は口に唾液を溜め、谷間の上から顔を出している肉棒の先端にトロリと垂らしてきた。

その刺激も心地よく、賢吾は「くうっ」と声を漏らして、自然に身体を震わせてしまう。

涎《よだれ》が胸の内側に垂れていくのを確認してから、彼女はゆっくりと手でバストを交互に動かし始めた。

「んっ、んふっ、んっ、んしょっ……」

すると、ヌチュヌチュと音がして、唾液がまぶされていくのと共に、肉茎に得も言われぬ心地よさがもたらされる。

「ああっ、これっ！　くうっ、すごくいいですっ！」

「んしょっ、本当？　むふっ、わたしもっ、んんっ、初めてしたからぁ、んふっ、上手じゃないとっ、んしょっ、思うけどぉ……んっ、んはっ……」

賢吾の感想に対して、美人漫画家が手を動かしながら、そんなことを言った。

「ううっ、ほ、本当です。ふあっ、これはフェラとも手とも違って……あううっ！」

賢吾は、なんとか自分の感じている状況を言語化しようとした。だが、分身からもたらされる性電気のせいで、思考回路がショート寸前になっているため、どうしてもこれ以上のことを口にできない。

それに何より、見知った年上美女、しかも自分がファンをしている女性漫画家が、交際相手にもしたことがなかった行為をしてくれている、というのが男心をくすぐってやまない。

そう考えただけで、危うく暴発しそうだったが、賢吾はかろうじて昂りを抑え込んだ。千咲とのフェラチオやシックスナインの経験があるおかげで、どうにか耐えられたものの、童貞だったら、あるいは陽奈としただけだったら、パイズリが始まった瞬間に射精していただろう。

賢吾がそんなことを思っていると、佳奈恵がいったん手の動きを止めた。そして、今度は身体ごと揺すってペニスをしごきだす。

「くおおっ！　こっ、これはっ！　はううっ！」

より強まった性電気に脳を灼かれ、賢吾はおとがいを反らして喘いでいた。

「んふっ、賢吾くんっ、んんっ、どう？　んはっ、パイズリッ、んふっ、されてぇ、んんっ、興奮するぅ？」

行為を続けながら、美人エロ漫画家が問いかけをしてくる。

「ううっ、はい。す、すごく……はううっ！」

快感が立て続けに送り込まれてくるため、賢吾はそう答えるだけで精一杯だった。

とにかく、乳房に挟まれて分身をしごかれる感覚は、手や口はもちろんセックスともまた違うものに思えてならなかった。特に、唾液がいい感じの潤滑油になっているため、佳奈恵の動きが多少ぎこちなくても充分に気持ちいい。

それにしても、彼女としてはこういった質問も取材の一環なのかもしれないが、性電気がもたらされる状態で自分の気持ちを正確に伝えるなど、表現者でもない素人にはさすがに不可能と言っていい。もっとも、問われること自体がさらなる興奮に繫《つな》がっているのも、紛れもない事実なのだが。

「んっ、んふっ、先走りっ、んんっ、先っぽからっ、うふうっ、お汁が、むふっ、出てきたぁ。賢吾くん、もうイキそうなのねぇ？」

亀頭の状況を見た佳奈恵が、パイズリの動きを止めて訊いてくる。

「は、はい。その、さすがに……」

既に限界を感じていた賢吾は、正直にそう応じていた。

できれば、もう少しこの甘美な行為を堪能したかったが、もともとの昂りを考えたら、よくここまで耐えたと、自分を褒めてもいい気がする。

「じゃあ、最後はこうしてあげるわねぇ。あむっ。んっ、んっ、レロ……」

美人エロ漫画家は、肉棒の先端を口に含むなり、再び手でバストを動かしだした。

そうしながら、口内で先走り汁を舐め取るように舌を動かし、先っぽを刺激しだす。

「ふおおっ！　すっ、すごっ……あうううっ！」

分身から、二種類の快感が同時に送りこまれてきて、賢吾は先ほどより大きい素っ頓狂な喘ぎ声をこぼしていた。

これが、「パイズリフェラ」という行為なのは、アダルト動画やエロ漫画で知っているし、パイズリと同様に経験するのを夢見ていたものの一つではある。ただ、まさかそれを実際にしてもらえるとは、さすがに想像もしていなかった。

もちろん、初めての行為ということもあり、佳奈恵の動きは全体としてややぎこちなさは拭えない。だが、舌で先端を舐め回されながらふくらみで竿をしごかれると、単なるフェラチオやパイズリとは異なる心地よさと昂りがもたらされる。

何より、好きなエロ漫画家の「つみえかな」がパイズリフェラをしてくれている、というのが未だに夢のように思えてならない。

その興奮も相まって、賢吾の我慢はいよいよ限界点に迫っていた。

「ううっ、佳奈恵さんっ！　僕、もう……」

「んむっ……ふはっ。顔に出してぇ。わたしの顔に、熱いミルク、ぶっかけてぇ。レロ、レロ……」

賢吾が限界を口にすると、亀頭を口から出した佳奈恵がそう言って、手を動かしたまま縦割れの唇を舐め上げだす。

（か、顔って……）

千咲としたときは、二度とも口内射精だったため、顔射のリクエストは賢吾も初めてである。

もちろん、床が絨毯《じゅうたん》ならば精液が落ちた場合の処理を考えると避けるべきだろうが、ここはフローリングなので問題あるまい。

そう意識した瞬間、賢吾は臨界点を突破し、スペルマを美人漫画家に浴びせていた。

「はああっ、出たぁぁ！　これっ、すごぉい！」

佳奈恵が、肉棒を胸の谷間で挟んだまま、恍惚とした表情を浮かべてそんなことを口にしながら、白濁のシャワーを顔に浴びる。

その光景を、賢吾はただただ夢心地で眺めていた。

5

「ふあああ、すごい量……それに、匂いもすごくて、とっても濃いザーメンミルクぅ。こんなの実際に見たの、わたしも初めてぇ」

射精が終わると、ペニスを胸から解放した佳奈恵が、精液まみれのまま呆けたような顔を見せて、そんなことを口にした。

それから、彼女は唇に流れた精を舌で舐め取り、口に含んだ。

「んっ。味も濃ぉい。元彼のなんてぇ、比較にならないわぁ。まさか、漫画みたいな量や濃さのザーメンを出す人が現実にいるなんてぇ、本当にビックリよぉ」

美人漫画家の陶酔した様子の感想を、賢吾は射精の余韻に浸りながら聞いていた。

(千咲さんも、僕の精液は濃くて量が多いって言っていたけど……チ×ポの大きさのこともそうだけど、お世辞じゃなかったんだなぁ)

今さらながらに、そんな思いが心をよぎる。

少なくとも、二人のセックス経験者が肉棒の大きさや精液の量や濃さについて、同じような褒め言葉を口にしたのだ。つまり、賢吾のモノが標準を上回っているのは、もはや疑う余地があるまい。

そう思うと、千咲のおかげで回復しつつあった自信を、さらに持てた気がしてならない。

賢吾がそんなことを考えている間に、佳奈恵は顔のスペルマを処理していた。もっとも、さすがにすべてを口に運ばず、ある程度のところでティッシュを使って拭《ふ》き取っていたのだが。

「はあー。わたしも、もう我慢できないわぁ。男の人とするのも久しぶりだしぃ、オッパイも気持ちよかったしぃ、ザーメンの匂いと味もすごくてぇ」

精液を一通り拭い終えると、美人エロ漫画家がそう口にした。

実際、彼女のショーツの中央には、大きなシミができている。それを見ただけで、かなり興奮していたことが分かる。

佳奈恵は立ち上がると、躊躇う素振りも見せずに下着に手をかけ、一気に引き下げて秘部を露わにした。

（おおっ。か、佳奈恵さんのオマ×コ……）

賢吾は、彼女の秘部に目を奪われていた。

もちろん、まだ正面から見ただけだが、やや濃いめで卵形に短く刈り揃えられたアンダーヘアが、やけに生々しく、また色っぽく見えてならない。

賢吾が呆然としていると、生まれたままの格好になった美人エロ漫画家は、ベッドに仰向けになった。

「賢吾くぅん、来てぇ。早く、キミの大きなオチ×ポ、わたしにちょうだぁい」

美女から、このように艶めかしく誘惑されては、健全な性欲を持つ男が我慢などできるはずがない。

賢吾は、もはやあれこれ考えることも忘れてフラフラとベッドに乗ると、彼女の脚の間に入った。そして、濡れそぼった秘裂を正面から見つめる。

佳奈恵の割れ目は、千咲ほどこなれた感じではないが、愛液を垂らした口を半ば開いており、男を誘うように微かにヒクついていた。

千咲との経験がなければ、その淫靡さに負けて、即座に挿入していただろう。

（いやいや。大丈夫そうだけど、一応は念のため……）

かろうじて、そう考えて本能にブレーキをかけた賢吾は、蜜をしたためている秘裂に指を這わせた。そして、絡みつく温かな液とプリッとした秘部の感触に興奮を覚えながら、割れ目を擦るように指を動かしだす。

「はあんっ！　あんっ、それぇ！　んあっ、ああんっ……！」

たちまち、佳奈恵が甘い喘ぎ声をこぼし始めた。それに合わせて、源泉から新たな蜜がしとどに溢れ出し、ヒップを伝ってシーツにこぼれ落ちていく。

その反応を見ながら、賢吾は指を秘裂に挿れた。そうして、媚肉をほぐすように動かしてみる。

「ひうっ、それぇ！　あうっ、指ぃ！　ああっ、はあんっ……！」

美人漫画家が、おとがいを反らして甲高い喘ぎ声を響かせる。

(佳奈恵さん、すごくエロい!)

そんな興奮を抱きつつ、さらに愛撫を続けていると、

「ああっ、賢吾くぅん! 早く挿れてぇ! あんまり焦らされたら、わたし変になっちゃいそうよぉ!」

と、彼女がなんとも切なそうに訴えてきた。

どうやら、これ以上の前戯は必要ないようである。

そう判断した賢吾は、秘部から指を離した。そして、今度は一物を片手で握り、先端部を秘裂にあてがう。

「ああ、これぇ。早く、早くぅ」

甘い声で促されて、賢吾はほとんど本能的に、分身を彼女の中に押し込んでいた。

「はああんっ! 入ってきたぁぁ!」

挿入と同時に、佳奈恵が甲高い悦びの声をあげる。

肉棒を一気に奥まで突き入れ、これ以上は進めない最深部まで到達したところで、賢吾はいったん動きを止めた。

「んはああ! ああ……やっぱり、このオチ×ポすごいわぁ。正常位で、子宮まで楽

に届いて押し上げているぅ。それにぃ、膣道が思い切り広げられているのも、はっきりと分かるのぉ」

陶酔した表情を浮かべながら、美人エロ漫画家がそんな感想を口にする。

だが、賢吾のほうも膣内の感触に酔いしれており、彼女の言葉はほとんど耳に入っていなかった。

（くうっ。佳奈恵さんの中、陽奈ちゃんや千咲さんとは、なんだか違う感じだ……）

同期生の中は、正直に言えば狭くてペニスを締めつけられたこと以外よく覚えていないので、正確に比較するのは難しい。それでも、佳奈恵の膣と触感が違うのは間違いないと断言できる。

一方、美人ＯＬとの違いははっきりと分かった。千咲の中は肉棒に絡みつくような感触だったのに対し、佳奈恵の膣肉はまるで陰茎に吸いついてくるような感覚が強いのである。

もちろん、隣人の膣の感触も気持ちよかったのだが、分身が膣肉と溶け合うような美人エロ漫画家の中は、ひと味違った心地よさがもたらされるように思える。

先に一発抜いていなかったら、この感触だけであえなく暴発していたかもしれない。

そんなことを思いつつ、賢吾は彼女の腰を摑んで持ち上げた。そして、千咲に言われた内容を思い出しながら、まずはペニスを押し込むことだけに意識を集中して、慎重に抽送を開始する。

「んあっ、あっ、ああんっ！　これぇ！　あうっ、いいわぁ！　はあっ、あんんっ、んむむっ……！」

甲高い悦びの喘ぎ声をこぼした佳奈恵が、すぐに自分の口を両手で塞いで声を殺す。

賢吾は、彼女の様子を見ながら、腰の動きを少しずつ速めていった。

「んむうっ！　んんっ、んぐっ、んむっ、むふうっ！　んんっ、んむむっ……！」

こちらの抽送の強さに合わせて、佳奈恵のくぐもった喘ぎ声も次第に乱れていく。

両手で口元が覆われているため、顔の上半分の表情だけで判断せざるを得ないが、この乱れが苦痛ではなく快感によるものなのはなんとなく分かる。

そんな彼女の様子が、牡の興奮を煽ってやまない。同時に、

（僕、陽奈ちゃんで失敗した正常位で、佳奈恵さんを感じさせているんだ……）

という感動にも似た思いが、賢吾の心に湧いてきた。

セックスへの自信自体は、千咲のおかげである程度は取り戻せていた。ただ、彼女との行為は騎乗位と後背位だったため、賢吾の中にはどうしても拭いきれないトゲのようなものが、ずっと残っていたのである。

しかし今、こうして一度は失敗した正常位できちんとピストン運動を実行し、女性を感じさせていると、それがようやくなくなった気がしてならなかった。

(もっと、佳奈恵さんを気持ちよくしてあげたい！)

そんな使命感にも似た欲望に支配されて、賢吾は抽送の勢いを強めていた。

「んんんっ！　んむっ、んっ、んんっ、あぁっ！　んむうっ、んっ、んふっ、んんっ、んあっ、あんっ、んぶむっ、んんっ……！」

佳奈恵の喘ぎ声がますます乱れ、時折、手が口から外れて甲高い声がこぼれ出るようになる。ただ、それがかえって牡の本能を刺激して昂りが増す。

(くうっ……そろそろ、ヤバイ！)

行為に夢中になっていた賢吾は、腰に熱が溜まってくるのを感じて、勢いのままラストスパートをかけようとした。が、そのとき。

「んんーっ！　ふはっ、賢吾くんっ、ちょっと待ってぇ！」

と、佳奈恵が口から手を離して訴えてくる。

「どうしました、佳奈恵さん？」

スパート前に制止させられたことに不満を抱きつつ、賢吾は動きを止めてそう問いかけていた。陽奈と千咲には中出ししてしまったが、もしも外に出して欲しいという訴えであれば、聞き入れるのが筋だろう。

ところが、彼女の口から出たのは意外な要望だった。

「賢吾くん、イキそうなんでしょう？　わたしもぉ、もうそろそろなのよぉ。それでねぇ、せっかくだからまんぐり返しを経験したいなぁ、と思ってぇ」

美人漫画家が、濡れた目をこちらに向けて、そんなリクエストを口にした。

「まんぐり……でも、それだとチ×ポを抜きにくく……」

体位の見当がついて、賢吾はそう不安を口にしていた。

まんぐり返しは、女性の身体を折り曲げるように腰を持ち上げ、男が前のめりになってペニスを押し込む格好である。そのぶん、深い挿入感を得られるらしいが、射精寸前で抜くのは難しいのではないだろうか？

陽奈と千咲に中出ししたあとも、大きな罪悪感に苛《さいな》まれたというのに、美人エロ漫画家にも同じ思いを抱くのはさすがに気が引ける。

「今日は、大丈夫だからぁ。気にせず、中に出してちょうだぁい。わたしにとってはぁ、賢吾くんのたくさんのザーメンが子宮に来る感覚もぉ、漫画のために知りたいことの一つなのよぉ」

と、佳奈恵が返事をした。

どうやら、彼女はまんぐり返しだけでなく膣内射精すらも漫画の取材、と割り切っているらしい。もっとも、精液の量が多い賢吾が相手だから、そう思っているのかもしれないが。

（佳奈恵さん……本当に、プロの鑑《かがみ》だな。ええい、これで断ったら、男が廃《すた》るってもんだ！）

そう考えた賢吾は、「分かりました」と応じて、繋がったままの美人漫画家の腰を持ち上げた。そして、その身体を折り曲げるように体重をかけ、突き入れるように荒々しい抽送を開始する。

「はああっ！　あんっ、んむっ！　んんっ、んぐっ、んっ、んむむっ！　んんっ、んぶっ、んぐううっ……！」

一瞬、甲高い声をあげた佳奈恵だったが、すぐに口を塞いでくぐもった喘ぎ声をこぼしだす。

賢吾は、もう何も考えられず、ただひたすら射精に向けてピストン運動を続けた。

（ううっ。そろそろ、マジで……）

と、射精の危機を感じた途端、ペニスに吸いつくような膣肉が妖しい収縮運動を始めた。それによって、肉棒に甘美な刺激がもたらされ、たちまち限界が訪れる。

賢吾は、「くうっ！」と呻くなり、突き入れたところで動きを止め、彼女の中に出来たてのスペルマを注ぎ込んだ。

「んんっーっ！　んむむむむうううぅぅぅぅぅぅぅ!!」

ほぼ同時に、佳奈恵が手で口を塞いだまま身体を強張らせて、くぐもった絶頂の声を寝室に響かせるのだった。

6

「あんっ、それぇ！　んああっ、賢吾くぅん！　はううっ、あっ、あうっ……！」

賢吾がしゃぶりついた乳首を舐め回すたびに、ベッドに仰向けになった裸体の美人エロ漫画家が、甘い喘ぎ声を寝室内に響かせる。

彼女と、最初に関係を持って一週間。

あの翌日から、佳奈恵が「いいアイデアが浮かんだのぉ」と仕事モードに突入したため、あれからはまた食事の用意と掃除をするだけの日々が続いていた。

ところが今日、賢吾がいつものように部屋へ行くと、彼女が「ついさっき、アイデアが通ったのよぉ」と嬉しそうに報告してきたのである。しかも、今回は担当編集者が絶賛してくれたらしい。

無論、まだネーム以降の作業が丸々残っているものの、苦戦していたところをクリアできたのだから、喜ぶのは当然と言えるだろう。

ただ、それ自体はよかったのだが、佳奈恵はすぐに身体をすり寄せて賢吾を求めてきた。

彼女が言うには、「元交際相手としていたのなんてセックスじゃない、と思うくらい気持ちよくなれた」そうで、もはや自慰でも満足できないほど、賢吾のペニスをすっかり気に入ってしまったらしい。

それでも、今までは頭が仕事モードになっていたので、どうにか性欲を我慢できていたものの、アイデアが通って安心した途端、タガが外れてしまったようだ。

もちろん、千咲と二度目の関係を持ってから、陽奈と顔を合わせづらくなった経験もあり、佳奈恵とまで二回目をしたらどうなってしまうのか、という不安がなかったと言ったら嘘になる。

だが、彼女の肉体の魅力は、迫られて抗えるようなものではなかった。しかも、「いいアイデアのお礼」と言われたら、そうそう強く拒めるはずがない。

結局、色欲に負けた賢吾は、九歳上の美人漫画家に求められるまま寝室に移動し、濃厚なキスをしたあと胸への愛撫に取りかかったのだった。

そうして、ひとたび欲望に支配されると今度は歯止めが利かなくなってしまうのは、セックスの快楽を知ってまだ日が浅い男としては、やむを得ないことだろう。

賢吾は、千咲との行為を思い出し、いったん乳首から口を離した。

「んあっ。どうしてぇ？」

快感の注入を止められて、佳奈恵が疑問の声をあげる。

しかし、賢吾は構わず身体を起こし、脚を割り開いて秘部に顔を近づけた。

案の定と言うべきか、既に割れ目からは蜜が溢れ出し、シーツまで垂れている。

「えっ？　あっ……あううぅぅん！」

彼女が、こちらの意図を察したのと、賢吾が舌を秘裂に這わせたのは、ほとんど同時だった。そのため、甲高い喘ぎ声が寝室に響き渡る。

上下階に人がいたら、さすがにこの声は聞こえてしまったかもしれない。

そんなことを思いつつも、賢吾は愛液を舐め取るように舌を動かしだした。

「ピチャ、ピチャ……レロロ……」

「はあっ、それぇ！　あんっ、んぐっ、んんっ、んむうっ、んんんっ……！」

一瞬、大きな喘ぎ声をこぼした佳奈恵だったが、慌てた様子で口に手を当てて声を抑え込んだ。どうやら、声を殺そうと考える程度の思考力は、まだ一応は残っていたらしい。

そのため賢吾は、遠慮なく舌での奉仕を続けた。

「んんんっ！　んむっ、んぐううっ！　んんっ、んっ、んぶうぅ……！」

舌の動きに合わせて、美人漫画家が身体を震わせながらくぐもった喘ぎ声を漏らす。

そうして、ひとしきり割れ目を舐めていると、愛液の粘度がより増してきた気がした。これは、彼女が相当に感じてくれている証拠だろうか？

そこで賢吾は、割れ目を指で広げると、媚肉に舌を這わせだした。

「レロ、レロ……ンロ、ンロ……」

「んむううっ！　んぐっ、んふうっ、ふはああっ！　けっ、賢吾くん、ちょっとタイムぅ！」

肉襞《にくひだ》への愛撫を始めてすぐ、佳奈恵が手を口から離してそう訴えてきた。

「ピチャ……どうしました、佳奈恵さん？」

さすがに無視はできず、賢吾はいったん舌を離して問いかけた。

「あ、うん。えっとぉ、わたし、クンニも初めてでぇ、感じ過ぎちゃったのよぉ。このまま続けられたらぁ、声を我慢できなくなっちゃうと思ってぇ」

「えっ？　そうだったんですか？」

意外な告白に、賢吾は驚きの声をあげていた。

親の紹介で交際していた相手とは、彼が望まなかったためパイズリをしたことがなかった、という話は既に聞いている。しかし、まさかクンニリングスも経験していなかったとは。

佳奈恵に、漫画家の道を諦《あきら》めて家庭に入るのを望んだことからも、佳奈恵の元交際相手は自分が主導権を握りたがる人間であろう、という想像はついていた。だが、どうやら性的なことに対する好奇心や学習意欲が、まるっきりなかったらしい。

おそらく、型通りのセックスしか知らず、女性を悦ばせようという気持ちに欠けていたのだろう。もしかしたら、性行為への興味そのものが薄く、子孫を残す行為くらいにしか考えていなかったのかもしれない。

これでは、性への興味を強く持っていた彼女とは、セックスへの向き合い方という意味でも、相性が悪かったのは自明の理と言える。

女性に求めていたことも含め、ここまで価値観が食い違っていたら、たとえ無理に結婚しても長続きはしなかっただろう、という気がしてならない。

「じゃあ、どうします？　続けていいですか？」

「ん？　そうねぇ……もう、充分に濡れたと思うし、気持ちとしてはオチ×ポを挿れて欲しいかしらぁ？」

こちらの問いに、美人漫画家がそう答える。

「あー、でもこのまま挿れたら、僕のほうがヤバイかもしれません」

と、賢吾は自分の状況を分析して言っていた。

今日は、まだ一発も抜いていないため、佳奈恵の吸いつくような膣内に挿入したら、すぐに達するのは間違いない。その場合、陽奈のときと同じ轍《てつ》を踏むことになりかねない。

すると、最近は思い出す頻度が減っていた苦い記憶が、心に甦ってしまう。

「ああ、そうねぇ……だったら、先に素股でしましょうかぁ？」

こちらの不安に対して、美人エロ漫画家が思いがけない提案をしてきた。

「えっ？　す、素股ですか？」

「ええ。わたしも、した経験はないけどぉ、知識としては知っているからぁ。ちょうど、一度やってみたいって思っていたのよぉ」

困惑する賢吾に対し、彼女がそんなことを言う。

どうやら、これもまた自分にとっては漫画の取材になる、と考えているようだ。

（うーん……素股セックスは聞いたことがあるけど、本当に気持ちいいのかな？）

という疑念が、賢吾の心をよぎった。

ただ、佳奈恵にとってはクンニリングスに続いて、体験していない行為ができて漫画の参考に取材になる。それに、挿入しなくても性器は刺激されるため、フェラチオやパイズリよりはもどかしい思いをしないのかもしれない。

一方の賢吾にしても、膣内に挿れるわけではないので、あっさり暴発しても情けなさはあまり感じずに済むような気がする。

そう考えると、確かに彼女の提案はベストな解決方法かもしれない。

「分かりました。じゃあ、素股で」

「んっ。それじゃあ、やりやすいようにバックからしましょうねぇ？」

と言って、佳奈恵が身体を起こした。そして、四つん這いの体勢になる。

賢吾が彼女の後ろに回り込むと、ふくよかな白いヒップと濡れた秘部が目に飛び込んでくる。それを目の当たりにすると、「やっぱり挿入したい」という牡の本能が、鎌首をもたげてきてしまう。

（我慢、我慢……）

どうにか欲望を抑え込んで、賢吾は一物を握ると美人漫画家の太股の間に差し込んだ。すると、彼女が脚を閉じて、ペニスを腿《もも》で包み込む。

（くうっ。オマ×コともオッパイとも違う感触に、チ×ポが挟まれて……）

賢吾は、思わず声が出そうになったのを、かろうじて堪えた。

バストよりも硬く、それでいて柔らかさもある太股に肉棒を挟み込まれるのがこれほど気持ちいいとは、いささか予想外である。

「賢吾くん、このまま腰を動かしてぇ」

と佳奈恵に促されて、心地よさに浸っていた賢吾は我に返った。そして、慌てて「はい」と応じ、彼女の腰を摑む。

（えっと、これなら後背位のときの動きと同じで大丈夫だよな？）

そう考えてから、賢吾はピストン運動を開始した。この体位自体は、千咲と経験済みなので、特に戸惑うこともない。

「んっ、あっ、あんっ……！」

たちまち、佳奈恵が喘ぎ声をこぼしだした。どうやら、素股でも感じているらしい。

（ううっ。太股でチ×ポが擦れる感触が、けっこう気持ちいい！）

抽送を始めるなり、予想以上の快感がもたらされて、賢吾は内心で驚きの声をあげていた。

蜜が内股に垂れて潤滑油になっているおかげか、太股で肉棒が擦られても痛みはなくスムーズに動ける。むしろ、腿の弾力と締めつけ具合の巧みさ、それにネットリした愛液の感触とが相まって、膣内とは異なる心地よさがもたらされている。

「んあっ、あんっ、わたしもぉ、あんっ、いいよぉ！　あんっ、はあっ……！」

美人漫画家も、ピストン運動に合わせて甘い声を寝室に響かせる。

ペニスの上部が割れ目に触れているため、彼女も快感を得ているらしい。

そう意識すると、自然に腰の動きがより激しくなってしまう。

「はうっ、あんっ、激しっ、ああっ、でもぉ！　んあっ、オマ×コッ、あうっ、擦れてぇ！　んはあっ、気持ちいいのぉ！　あんっ、ああっ……！」

こちらの動きとシンクロして、佳奈恵の喘ぎ声もますます艶《つや》やかになる。

中を突くのと違い、素股であれば強さをあまり気にしないで済むので、ついつい本能的な動きをしてしまったが、どうやら彼女もしっかり快感を得ているようだ。

快楽に支配された脳で、漠然とそんなことを考えたとき、いよいよ賢吾の腰のあたりに熱が込み上げてきた。

「くうっ！　もう出ます！」

そう口にして、抽送をよりいっそう激しくする。素股であれば、中出しのリスクを気にする必要もないので、このまま射精しても特に問題はあるまい。

「あっ、あんっ、あんっ……！」

擦れる勢いが強まり、美人漫画家の喘ぎ声も大きくなっていく。端《はた》から見たら、おそらく挿入して本番行為をしている、と勘違いされるのではないだろうか？

そう考えた途端に限界が訪れて、賢吾は「ううっ！」と呻くなり動きを止め、白いシーツにスペルマをぶっかけていた。

「はああんっ！　ザーメン、出たぁぁ！」

射精の瞬間を目にしたらしく、佳奈恵がそんな悦びの声をあげる。

そうして、精液の放出が終わると、腰を引いて彼女の太股から一物を抜く。

（はぁ〜。素股セックス、意外と気持ちよかった……）

賢吾は、射精の心地よさの余韻に浸りつつ、そんなことを思っていた。

行為の知識自体はあったが、これほどの快感が得られるというのは、なかなかに新鮮な驚きである。しかも、よほど迂闊なことがない限り中出しのリスクも気にせずに済むのだから、状況によっては非常に有効なプレイかもしれない。

「はあー……ザーメンの匂い、ここまで漂《ただよ》ってきてぇ……本当に濃いし、量もいっぱいで、相変わらずすごいわねぇ」

佳奈恵が、四つん這いのままそんな陶酔した声をこぼす。

それを聞いて、賢吾もようやく我に返った。

「あっ……すみません、ベッドを汚しちゃって」

「ん？　ああ、平気よぉ。シーツの下に、防水の敷きパッドを敷いているからぁ。でないと、オナニーもしづらいしぃ」

こちらの謝罪に、彼女がそう教えてくれた。

どうやら、もともと自慰のためとはいえ、対策はしっかり採《と》っていたらしい。

「ああ……わたし、もう我慢できないわぁ。賢吾くぅん、今度こそオチ×ポを挿れてぇ。早く、早くぅ」

と、美人エロ漫画家が四つん這いのまま腰を振って求めてくる。

賢吾のほうも、射精した直後ながら挿入への欲求はむしろ強まっていた。そのため、彼女の要求に対して渡りに船とばかりに「はい」と応じ、硬度を保ったままの一物を握り、今度は濡れそぼった秘裂にあてがう。

それから賢吾は、腰に力を入れて一気に佳奈恵の奥へと肉棒を突き入れた。

「んああーっ！　大きいオチ×ポ、入ってきたぁ！」

インサートと同時に、美人漫画家がのけ反りながら甲高い悦びの声を響かせる。

構わず奥まで進み、下腹部がヒップに当たってそれ以上は行けなくなると、賢吾はすぐに彼女の腰を両手で摑んで、荒々しい抽送を開始した。

「ああーんっ！ あんっ、これぇ！ はうっ、声がっ、あうっ、よすぎてっ、はうっ、大声っ、ああっ、出ちゃうぅぅ！」

そう口走ると、佳奈恵が突っ伏して枕に顔を埋める。

「んんんっ、んっ、んむっ、んんっ、んぐうっ！ んんっ、んっ、んっ……！」

ただ、そうやって声を懸命に殺す美女の姿が、賢吾の興奮をより煽り立てる。

（でも、これは千咲さんともした体位で、なんかイマイチ新鮮味が……あっ、そうだ。前に佳奈恵さんの漫画で見たあれは、まだしたことがなかったっけ）

美人漫画家の作中に描かれていた体位を思い出した賢吾は、未経験の体勢への好奇心を抑えられず、ピストン運動をいったん止めた。そして、彼女の腹に手を回してその身体を持ち上げる。

強制的に枕から顔を剝《は》がされて、佳奈恵が「えっ？」と驚きと戸惑いの入り混じった声をあげる。

しかし、賢吾は構わずそのまま彼女を自分の上に座らせるような体勢になった。いわゆる、背面座位である。

それから賢吾は、美人エロ漫画家の両乳房を鷲摑みにした。

「んあっ。け、賢吾くん？　この格好はぁ……」

「前に、佳奈恵さんの漫画にありましたよね？　もしかして、実際にしたことがあります？」

賢吾が、下からそう声をかけると、彼女は困惑の表情を浮かべた。

「な、ないわよぉ。これも、資料を見ながら描いただけでぇ……」

「だったら、取材ってことでいいんじゃないですか？　佳奈恵さん、漫画で描いたみたいに、自分で動いてみてください」

と言いながら、賢吾がふくらみを軽く揉むと、それだけで佳奈恵が「あうんっ」と甘い声をこぼしておとがいを反らす。

「……分かったわぁ。それじゃあ、するわねぇ。んっ、んっ……」

やはり、「取材」という言葉に弱かったらしく、彼女はやや迷った末にそう応じた。

そして、自ら腰を上下に振りだす。

「んっ、あっ……あうっ、こんなっ、はあんっ、自分でっ、ああっ、動くのっ、んあっ、気持ちいいのぉ！　あうっ、奥っ、んああっ、ズンズンってぇ！　あうんっ、ノックッ、はあんっ、されてぇ！　あんっ、あううっ……！」

遠慮がちに動きだした美人漫画家だったが、すぐに抽送を大きくして快楽を貪《むさぼ》り始めた。

女性上位の体位の経験自体が少ないのか、彼女の動きは千咲と比べてかなりぎこちない。しかし、それでも充分な快感がペニスからもたらされる。

（ううっ。もう我慢できない！）

欲望に支配された賢吾は、乳房を鷲掴みにした指に力を入れて揉みしだき、さらにうなじにも舌を這わせだした。

「レロ、レロ……」

「んああっ、それぇ！　あんっ、感じすぎっ、はううっ、大きい声っ、ああっ、出ちゃうぅ！　あっ、あんっ、んむっ、んんっ……！」

甲高い喘ぎ声を寝室に響かせた佳奈恵が、手の甲を自分の口に当ててどうにか声を抑え込む。

さすがに、結合部と両胸と首筋の四点を同時に攻められては、大声を我慢するのは難しかったらしい。

しかし、声を懸命に抑えているせいなのか、吸いつくような膣道が激しく蠢いて、陰茎により甘美な性電気がもたらされる。

それに加えて、弾力と柔らかさを兼ね備えた乳房を両手で感じ、うなじを味わっていると自然に女性の匂いも鼻腔から流れ込んでくるのだ。

それらすべてが、牡の本能を刺激してやまない。

（ううっ。もう我慢できない！）

賢吾は、ほとんど無意識にベッドの弾力を利用して突き上げを始めた。

「んんーっ！　んむうっ、んんんんっ！　んぐううっ……！」

佳奈恵の口から、苦しそうな声がこぼれ出た。しかし、後ろから顔を見ることはできなくても、膣の感触で彼女が大きな快感を得ているのは、ペニスを通じて伝わってくる。

それに、美人漫画家はこちらの動きに合わせるように、腰の動きを調整していた。

そのおかげで、心地よさがさらに増加していく。

賢吾は、脳を灼く鮮烈な性電気に酔いしれながら、彼女の肉体をひたすら堪能し続けた。

「ふはあっ、ああっ、それぇ！　あううっ、わたしぃ！　ああんっ、すぐにっ、んあっ、イッちゃいそう！　あうんっ、んんんっ、んむふっ、ぐむううっ……！」

間もなく、手の甲を口からいったん離した佳奈恵が、そう訴えてまたすぐに自分の口を塞ぐ。

どうやら、前戯と素股セックスで昂っていた上に、初めての背面座位ということもあって、絶頂感を我慢できずにいるらしい。

「レロロ……ううっ。僕も、そろろろ……」

限界を感じた賢吾も、うなじから舌を離してそう口にしていた。

素股で射精して、まださほど時間が経っていないものの、身体中で魅力的な女体を貪っていては、昂りを抑えるなど不可能と言っていいだろう。

ただ、この体位だと男性が自分の意志でペニスを抜くのが難しい。

「ふはあああっ！　あんっ、中にっ、ああっ、また中にぃ！　ふああっ、一緒っ、ああっ、賢吾くんもっ、ああんっ、一緒にぃ！　あんっ、イクッ、ああっ、わたしっ、はううっ、イッちゃうぅぅぅぅ！　んんんんんんんんーっ!!」

佳奈恵が、甲高い声でそう口にしてから、歯を食いしばってくぐもった絶頂の声をあげつつ、身体を強張らせる。

ほぼ同時に、膣肉が肉棒を妖しく締めつけてきて、とどめの刺激がもたらされる。

「くうっ、出る！」

と呻くように言いながら、賢吾も彼女の中に出来たてのスペルマを注ぎ込んだ。

「はああ、出てるぅ……お腹の中が満たされてぇ、すごくいいのぉ……わたしの子宮ぅ、賢吾くんのザーメンで餌づけされてるぅ……」

射精を感じた美人漫画家が、身体を震わせながら放心した声でそんなことを言う。

彼女のその言葉を、賢吾は激しい射精の余韻に浸りながら呆然と聞いていた。

第四章　快楽に溺れる巨乳女学生

1

「はぁ。僕は、本当にどうしたらいいんだろう？」

夕飯のブリ大根の仕上げをしながら、賢吾はついそうボヤいていた。

何しろ、千咲だけでなく四日前に佳奈恵とも、とうとう二度目の関係を持ってしまったのだ。

もちろん、いずれも相手から誘惑されてのことなので、こちらが気に病む必要はないのかもしれない。しかし、欲望に負けて受け入れたのは自分自身である。

おかげで、陽奈との接し方にますます思い悩むようになってしまったのだ。

あれからというもの、賢吾は同期生の部屋に行っても、キッチンから「ご飯を持ってきたよ」と声をかけるくらいで、ろくに会話もせずに退出していた。無論、ここ何日かは彼女の顔も見ていない。

（このままじゃいけない、とは思っているんだけど……陽奈ちゃんに、千咲さんと佳奈恵さんとエッチしたことを打ち明けて謝るべきかっていったら、なんか違う気もするし……）

もしも、陽奈と付き合っていて他の女性と関係を持ったなら、土下座して謝罪するのは当然と言えるだろう。だが、賢吾と巨乳の同期生は一応肉体関係はあるものの、まだ交際どころか告白すらしていない仲なのだ。それなのに謝罪云々というのは、やはり違和感が拭えない。

しかし、だからといって放置できるかといったら、それも難しい。

ここ数日、ずっとそんなことを考えていたが、これといった突破口も摑めないまま、賢吾の思考は堂々巡りを続けていた。

そうして悩みつつも、ちょうど出来上がったブリ大根を三人分の保存容器に取り分けようとしたとき、賢吾のスマートフォンからＳＮＳの通知音が流れた。

確認してみると、陽奈からのメッセージである。彼女の名前を見ただけで、心臓が自然に高鳴ってしまう。

「陽奈ちゃんが、僕にＬＩ〇Ｅなんて珍しいな。えっと……『お話があるので、今日は最後に来てください』か。話って、なんだろう？」

賢吾は、ついつい疑問を声に出していた。

普段の賢吾は、基本的に三階の陽奈、佳奈恵、それから隣室の千咲という順番で夕飯を届けていた。ところが、巨乳の同期生は今回、自分を最後にして欲しいと言ってきたのである。

もしかしたら、込み入った話になって時間がかかる、と考えたのかもしれない。

「……やっぱり、千咲さんや佳奈恵さんのことかな？　それとも、僕のご飯なんてもういらないって話だったりして？」

後者はあまり考えられないし、考えたくないことではある。だが、陽奈がもしも千咲と佳奈恵との関係に気付いたら、賢吾の顔など二度と見たくないと思って、食事作りを断る可能性はあり得るのではないか？

ひょっとしたら、この想像とはまったく違う話かもしれない。しかし、いつまでも今の半端な状態ではいられない、と思っていたところなので、これはさすがに断れそうにない。

そこで賢吾は、了承の返事をしてから、まずは主不在の隣室にブリ大根を入れた容器を持っていって冷蔵庫に入れた。

そうして三階に行くと、いつもとは逆にまず三〇五号室へ向かい、佳奈恵に声をかけつつ食事を置いて退出した。それから、三〇三号室へと足を向ける。

「あー、なんか緊張してきた……いったい、何を言われるんだろう？」

陽奈の部屋の前に来た賢吾は、不安を抑えきれずそう独りごちていた。

普段なら、黙ってICカードで鍵を開けて入るところだが、今日はさすがにそういうわけにもいくまい。

本音を言えば、今すぐ自室に戻りたかった。

だが、ここで逃げてもそれは問題を先延ばしするだけに過ぎない。そもそも大学の同期生なのだから、いくらマンション内では避けられても、学校で完全に顔を見ずに過ごし続けるのは難しいだろう。

何より、今の宙ぶらりんな気持ちのままでは、陽奈だけでなく千咲や佳奈恵と向き合うことすらできそうにない。

（陽奈ちゃんとの関係をきちんとするためにも、まずは話をしないと。それを、向こうから提案してきたんだから……ええい、僕だって一応は男なんだ。いつまでも、ウジウジしていたって仕方がない！）

と、かろうじて心を奮《ふる》い立たせた賢吾は、意を決して玄関のチャイムを鳴らした。

するとすぐにインターホンから『賢吾さん、どうぞ入ってください』と声が聞こえていた。そのため、ICカードで鍵を開けて「お邪魔します」と玄関に入り、靴を脱いでキッチンに上がる。

そうして、ひとまずブリ大根を入れた容器を台所のワークトップに置く。

それから部屋に続く引き戸を開けると、真剣な表情をした陽奈が正座をして待っていた。しかも、普段のトレーナー姿ではなく、白いTシャツと黒のミニスカートという格好である。

久々に真正面から彼女の顔を見ると、初体験の苦い思い出が心に甦ってきてしまう。が、賢吾はそれをどうにか抑え込んだ。

「ひ、陽奈ちゃん……その、顔を合わせるのは、ちょっと久しぶり……かな？」

「あっ……あの、はい……えっと、まずは座っていただければ……」

こちらの緊張が伝わったのか、陽奈も硬い表情を見せながら、そう促してくる。

そのため、賢吾は逃げ出したい気持ちを堪えながら、巨乳の同期生の前に正座した。

彼女は、しばらく視線を泳がせて何やら言い淀んでいた。が、やがて意を決したらしくこちらを正面から見据えてくる。

「あ、あの……賢吾さん？　賢吾さんは、その、真島さんと内海さんのどちらかと、お付き合いをしているんでしょうか？」

「えっ？　あ、いや、お付き合いはしてないよ」

いささか予想外と言える直接的な切り出しに、戸惑いを覚えつつも賢吾はそう応じた。実際、身体の関係は持ったものの交際は至っていないのだから、嘘をついているわけではない。

「だけど、お二人とは……その、エッチをして……いますよね？」

「な、なんでそれを!?」

陽奈の指摘に、賢吾は驚きの声をあげていた。まさか、彼女に千咲と佳奈恵との関係を看破《かんぱ》されるとは。

「だって、賢吾さんの態度の変化があからさますぎて……えっと、ちっとも誤魔化せていなかったです」

同期生の言葉に、賢吾は心の中で頭を抱えるしかなかった。

(あちゃー。そこまで、バレバレだったか……でも、確かにそうかもしれないなぁ。千咲さんや佳奈恵さんとエッチするたびに、陽奈ちゃんと顔を合わせないようになっていったし)

もともと、賢吾は自分でも嘘が上手いとは思っていなかった。

それに、陽奈もこちらが他に二人の女性に食事を作っていることは知っているのだ。部屋に来たときの言動と照らし合わせれば、何があったかを推測するのはそう難しくなかったのだろう。

「……うん。まぁ、その、色々あって、二人とはエッチして……」

賢吾が正直に言うと、陽奈が唇を噛んで悔しそうな表情を浮かべた。

「……あの、賢吾さんは……真島さんと内海さんの、えっと、ど、どちらが好きなんですか？」

「いや、あ、その……それは、選べていないというか……」

「あの、それはわたしにご飯を作っているから遠慮して、ということは？　えっと、もしも賢吾さんがどちらかとお付き合いしたいのに、わたしがお邪魔をしているなら……その、とても残念ですけど、ご飯を遠慮するのも……」

「じゃ、邪魔なんてことはないよ！　僕は、陽奈ちゃんのことだって好きなんだから！」

彼女の言葉を遮《さえぎ》るように、賢吾は思わずそう言っていた。

すると、陽奈が目を見開いて息を呑む。

そこで賢吾は、自分が何を口走ったかにようやく気付いた。

だが、いったん言葉に出してしまっては、もう誤魔化すことなどできまい。というか、この期に及んでそんな真似をしたら、本当に最低な人間になってしまうような気がする。

「えっと……できれば、怒らないで聞いて欲しいんだけど……僕は、陽奈ちゃんが好きなんだ。でも、千咲さんと佳奈恵さんのことも、同じくらい気になるようになって……正直、今は誰を選べばいいか分からなくなっているんだ。でも、二人からも何も言われていないし、そもそも僕なんかが選ぶってこと自体、おこがましいような気もしていて……」

賢吾は、自分の悩める気持ちを素直に打ち明けていた。

身体を重ねてほだされた、というのはもちろんあるが、年上の二人は共に陽奈とは異なる魅力を持つ美女である。彼女たちのどちらかから本気の交際を申し込まれたら、おそらく首を横に振ることはないだろう。

だが、それは陽奈に対しても同じだった。むしろ、最初に親しくなった上、処女をもらっているぶん、千咲や佳奈恵よりも思い入れが強いと言える。

しかし、賢吾は目の前の同期生に食事を作るようになるまで女性と話すのが苦手で、交際の経験がまったくなかった。そのため、複数の美女に心惹かれる自分の気持ちを、どうにも整理しきれずにいたのである。

それに、家事ができる以外に取り柄のない自分ごときに、陽奈をはじめとする三人の誰かを選ぶ権利があるとは、どうしても思えなかった。

もちろん、千咲と佳奈恵が賢吾のペニスを気に入ってくれたのは間違いない。だが、恋愛的な意味での「好き」という告白は受けていないのだ。

しかも、二人とも他の男性との交際経験がある、言わば人生の先輩である。それだけに、五歳以上も年下のこちらが好意を伝えても、適当にいなされて最終的には断られてしまうのではないか、という不安は否めない。

そんなことを考えると、賢吾はどうしても腰が引けて、自分からの一歩を踏み出せずにいたのだ。

すると、陽奈が再び躊躇う素振りを見せた。それから、怖ず怖ずと口を開く。

「賢吾さん？　だったら、その、わたしと、えっと、また、エッチして……くれませんか？」

「えっ？　あ、えっと……でも……」

彼女の言葉に、賢吾は困惑を隠せなかった。

別れを切り出される覚悟をしていたのに、まさか逆に再度の関係を求められるとは思いもよらなかったことである。

同時に、初体験の失敗が心に甦って、罪悪感に似た思いが湧き上がってきてしまう。

「あ、あの……わたしも、初めてのときは頭が真っ白になってしまって、賢吾さんが我慢できないくらいになっていたのに気付かず、その、申し訳なく思っていたんです。あとから考えたら、挿入の前に、お、お口でしてあげればよかったって……」

と、陽奈がやや言い淀みながら言葉を続けた。

どうやら、彼女のほうも賢吾の暴発に責任を感じていたらしい。

「……陽奈ちゃん？　その、本当にいいの？　僕は、千咲さんと佳奈恵さんと……」

「だからっていうか……わたし、あの、本当はチャンスがあれば賢吾さんともう一度したい、って思っていたんです。だけど賢吾さん、わたしのことを避けるようになって……それに、自分から求める勇気も、なかなか出なくて……」

こちらの戸惑いの言葉に、巨乳の同期生がそう応じた。

なるほど、初体験の失敗の気まずさに加え、千咲と佳奈恵との関係もあって、賢吾はこのところなるべく陽奈と顔を合わせないようにしていた。

一方で、彼女のほうも今日まで、「フリーダム・フロンティア」のプレイを中断して待つことをしなかった。どうやらそれは、賢吾と向き合う勇気がなかったからのようである。

それでも、もう少しで大学の新学期が始まるという状況で、さすがにいつまでも中途半端な状態を続けていられない、と意を決したのだろう。

陽奈の顔を見ると、彼女は賢吾の返事を待つように、不安そうな目をしながら見つめていた。

その表情から、巨乳の同期生の覚悟が伝わってくる気がする。

とうとう気持ちを抑えられなくなった賢吾は、半ば本能的に彼女を抱きしめた。

すると、陽奈が「あっ」と声をあげた。しかし、特に抵抗はしない。

「陽奈ちゃん、好きだ。陽奈ちゃんと、またエッチしたい」

「はい。わたしも、賢吾さんのことが好きです。もう一度……ううん、何度でも、一つになりたいです」

こちらの告白に、彼女も恥ずかしそうに、しかしはっきりとそう応じる。

いったん身体を離した賢吾は、やや小柄な同期生を見つめた。

すると、陽奈が目を閉じ、顎を少しあげて唇を突き出すようにする。

そんな彼女に、賢吾もそうするのが当然のように、自然に唇を重ねていた。

2

「んっ、あんっ、賢吾さぁん……あんっ、んはっ……」

陽奈の甘い喘ぎ声が、やけに大きく聞こえるのは、部屋の明かりを消しているからだろうか？

今、賢吾は巨乳同期生のベッドに腰をかけ、ショーツ一枚の格好になった彼女を膝の上に載せて、背後から豊満なふくらみを愛撫していた。

手から溢れるボリュームの乳房に触れていると、ついまた力を入れて感触を欲望のまま堪能したくなる。しかし、賢吾はどうにか理性を働かせて、優しい愛撫を続けた。

そのおかげか、陽奈の口からこぼれ出る声には、前回と違って艶が感じられる。おそらく、快感を得てくれているのだろう。

賢吾は、同期生の反応を確認しながら、指の力をやや強めてみた。

「んあっ！　あんっ、それっ、んんっ、いいですっ！　んあっ、あんっ、声っ、はううっ、出ちゃいますぅ！　ああっ、賢吾さぁん！」

と喘ぎながら、陽奈がこちらに切なそうな顔を向けてくる。

賢吾は、そんな彼女に唇を重ね、今日だけで何度目になるか分からないキスを交わし始めた。

「んっ。んじゅ……んむ、んんっ……」

同期生は、声を漏らしながらとろけた表情を見せている。こちらとのキスにすっかり酔いしれているのは、火を見るよりも明らかだ。

賢吾のほうも、こうしているだけで幸せな気持ちが、自然と胸に広がっていく気がしていた。

さらに行為を続けていると、陽奈のふくらみの頂点にある突起が、より存在感を増してきたのが、手の感触からはっきりと伝わってくる。

そこで賢吾は、乳頭を軽く摘まんで、指でクリクリと動かし始めた。

「んんっ！　ふはあっ、あっ、あんっ！　そこぉ！　ああっ、乳首っ、はううっ、大きい声っ、ああんっ、我慢できませぇん！　ああっ、あううっ……！」

刺激が強すぎたらしく、陽奈が唇を振り払って大声で喘ぎだす。

そのため、賢吾はいったん愛撫の手を止めた。

「大丈夫、陽奈ちゃん？」

「んあ……へ、平気です。でも、あの、下が切なくなって……」

そう言うと、陽奈が胸に添えられた賢吾の片手を上から握った。そして、手を自身の下半身に誘導する。

「えっと、あ、あそこを……その、さ、触って欲しい……です」

秘裂に触れる手前で、彼女が遠慮がちにリクエストを口にした。

（おおっ。陽奈ちゃんのほうから、おねだりをしてくるなんて……）

そんな驚きを覚えつつも、賢吾は昂りを抑えられずにいた。

奥手な同期生が、こちらの手を自ら秘部に導くとは、さすがに思いもよらなかったことである。もちろん、まだ触れたわけではないが、それでも普段の彼女からは考えられないような大胆な行動に、感動を覚えずにはいられない。

「分かったよ。それじゃあ……」

と賢吾が応じると、陽奈はすぐに添えていた手を離した。そして、自分の口を両手で塞ぐ。

（ゴクッ。陽奈ちゃんのオマ×コに触れる）

興奮と緊張を抱きつつ、賢吾は布地の上から秘裂に指を這わせた。

途端に、陽奈が「んんーっ！」とくぐもった声をあげて、身体を強張らせた。

（おっ。けっこう、濡れているな……）

ここまで、キスと胸への愛撫しかしていないのだが、彼女のショーツの中央部は既にお漏らしをしたように湿り気を帯びていた。それだけ、こちらの愛撫で感じてくれていたらしい。あるいは、自分との行為を待ち望んでくれていたのだろうか？

そのことに悦びを覚えながら、賢吾は布地の上から割れ目に沿って、優しく指を動かしだした。

「んんーっ！　んむっ、んっ、んんっ、んぐっ、んんっ……！」

たちまち、陽奈がおとがいを反らしてくぐもった喘ぎ声をこぼし始める。

さらに、新たに染み出してきた蜜が指に絡みついてきた。やはり、相当に感じやすくなっているらしい。

「指、オマ×コに挿れるよ？」

そう声をかけて、賢吾はショーツをかき分け、秘部にじかに触れた。それから、割れ目に軽く指を挿入し、媚肉を刺激することを意識しながら優しくかき回すように動かし始める。

さらに、ふくらみに添えたままの手も動かして、愛撫を再開した。

「んむうっ！　んんっ、んっ、んぐうっ！　んんっ、んむむっ……！」

巨乳の同期生は、どうにか声を抑えていた。ただ、二ヶ所の刺激でかなり快感を得ているらしく、身体をビクビクと震わせている。

(前回は失敗しちゃったけど、今は僕が陽奈ちゃんのことをしっかりと感じさせているんだ)

そう思うと、悦びと共に昂りが湧いてきた。経験不足の頃であれば、調子に乗ってより力を入れていたかもしれない。

だが、今の賢吾はまだ理性を失っていなかった。

(まだまだ、思い切りするには早いと思う。もう少し、ちゃんと気持ちよくしてあげないとな)

欲望のまま行動した前回の反省もあり、賢吾は必要以上に慎重になっていた。

そうして、乳首を再び軽く摘まみあげながら、指を秘裂のさらに深いところへと差し込んだとき。

「んぐううっ！　んんんっ！　んむうううううぅぅぅぅぅ!!」

不意に、陽奈がおとがいを反らして身体を強張らせながら、長く続くくぐもった声を室内に響かせた。

同時に、蜜が噴き出して指とショーツをグッショリと濡らす。

(わっ。陽奈ちゃん、もうイッたんだ？)

彼女がこれほど早く達するとは、さすがにいささか予想外というしかない。

ただ、前回は拝めなかった同期生のエクスタシーに、賢吾はよりいっそうの昂りを覚えずにはいられなかった。

3

賢吾が秘裂から指を抜くと、それに合わせるように彼女の身体からも力が抜けた。そして、グッタリとこちらに寄りかかってくる。

「んはあああ……イッちゃいましたぁ。指だけでぇ……こんなの、初めてでぇ……」

口から手を離した同期生が、賢吾に体重を預けながら、放心した様子でそんなことを言う。

その姿を後ろから見ているだけで、挿入への欲求が湧いてきた。

(くうっ。このままオマ×コに……いや、そうしたら間違いなく前回の二の舞になるぞ)

そう考えて、賢吾は自分の中の欲望を懸命に抑え込んだ。

陽奈のほうは、既に準備万端と言っていいだろう。だが、こちらは興奮で一物がいきり立ったままである。

もちろん、千咲と佳奈恵との経験のおかげで、いくらなんでも今度は挿入即射精という、初体験のときのような醜態をさらすことはあるまい。しかし、この状態で挿れたら、陽奈を満足させる前にあっさりイッてしまうのは容易に想像がつく。それは、さすがに避けたい事態だ。

(どうしよう？　フェラを頼んでみようかな？　でも、陽奈ちゃんがＯＫしてくれるか……？)

無論、彼女も人並みの性知識があるようだし、先ほど「お口で」と言っていたので、フェラチオは知っているはずである。だが、人見知りな同期生に奉仕を提案したとして、果たして受け入れてくれるだろうか？　もしかしたら、嫌悪されたり泣かれてしまったりするのではないか？

賢吾が、そんな迷いを抱いていると、陽奈がこちらに目を向けてきた。

「んあ……賢吾さんの硬いの、わたしのお尻に当たっていてぇ……あ、あの、わたしが、その、お口でしましょうか？　えっと、もちろん賢吾さんが嫌じゃなかったら、ですけど」

「えっ？　いいの？」

彼女からの遠慮がちな提案に、賢吾は思わず素っ頓狂な声をあげていた。

こちらが躊躇っていた行為について、同期生のほうから先に口にするとは、予想外というしかない。

「は、はい。前回のこともありますし、それに、その……おそらく、真島さんや内海さんも、お口でしている……んですよね？」

そう問われて、賢吾は言葉に詰まりつつも正直に頷いた。

「だったら、わたしも頑張ってします。他の人がしているのに、わたしがしてない、ううん、できないなんて、なんだか負けた気がして悔しいので」

と、陽奈が普段からは考えられないくらい、はっきりと言う。

(千咲さんと佳奈恵さんへの対抗心か……そういえば、陽奈ちゃんって意外と負けず嫌いみたいなんだよな)

実は、「フリーダム・フロンティア」の「ミヤビ」はかなり積極的で、中の人とは真逆の性格と言っていいキャラクターである。

以前、陽奈は「理想の自分を『ミヤビ』で実現しているんです」と話していたので、彼女が本来は積極的な性格になりたかった、と考えているのは間違いあるまい。

また、少し前まではイベントで一度も優勝できないのを非常に悔しがり、ますますゲームに熱中していた、という側面もある。

そうしたことから考えても、おそらく陽奈は本質的に勝ち気なのだろう。

「じゃあ、お願いしようかな？」

「は、はい。それじゃあ……」

賢吾がそう応じると、巨乳同期生は膝の上から下りた。そして、こちらに向き直って怖ず怖ずとトランクスに手をかけてくる。

それを見て、賢吾も腰を浮かせてその動きをサポートする。

彼女は、意を決しようにトランクスを引き下げ、足から抜き取って傍らに置いた。

そうして顔を上げ、勃起した肉茎を見つめる。

「す、すごく大きい……こんなのが、わたしの中に入ったなんて……なんだか、信じられません」

目を丸くした陽奈が、絞《しぼ》り出すようにそんな感想を口にする。

ただ、その彼女の様子が千咲や佳奈恵と違ってなんとも初々《ういうい》しく、かえって興奮を煽るように思えてならない。

同い年の同期生が、こちらの顔を見たので無言で頷く。すると、彼女は恐る恐るという様子で手を伸ばしてきた。それから、竿を優しく握る。

陽奈にペニスを握られた瞬間、慣れた人間にされるのとは異なる心地よさが生じて、賢吾は思わず「うっ」と声を漏らしていた。

「あっ。その、大丈夫ですか？」

同期生が、心配そうに訊いてくる。

「おっと。平気だよ。気持ちよかっただけだから。続けてくれる？」

賢吾がそう促すと、彼女は「は、はい」と頷き、陰茎の角度を少し手前に傾けた。

そして、口をゆっくりと近づけていく。

それから陽奈は、躊躇いがちに舌を出した。

そうした一連の様子がなんとも初々しく、また劣情を刺激してやまない。

「んっ。レロ、レロ……」

巨乳の同期生が、遠慮がちに縦割れの唇に舌を這わせだす。

途端に、鮮烈な性電気が発生して、賢吾は「くはっ！」と声をあげていた。ある程度の快感は予想していたが、これはいささか想定外の気持ちよさかもしれない。

陽奈は、こちらの様子を気にする余裕もないのか、そのまま舌を動かし続けた。

「レロ、レロ、ピチャ、チロ……」

（ううっ！　ぎこちないけど、それがなんか新鮮で、かえって気持ちいいかも！）

不慣れな彼女の舌使いは、生じる快感という意味だけなら、正直に言って経験者の行為とは比べるべくもない。しかし、そのぶん同期生のフェラチオ処女をもらった、という事実を強く感じられる。それが、年上の二人にされるのとは異なる昂りを生みだし、心地よさに結びついている気がしてならない。

賢吾は、もたらされる性電気に酔いしれながら、そんなことを考えていた。

だが、少しするとすぐに不満が込み上げてきてしまうのは、やはり経験者にフェラチオをされた経験が何度もあるからだろうか？

(舌の動きが単調だし、ずっと先っぽしか舐めてないんだよな)

もっとも、それも仕方がないことだろう。何しろ、陽奈にとっては初めての男性器への奉仕なのである。

いくら知識があっても、初体験のときには頭が真っ白になって活かせない、という事態は賢吾自身も経験している。したがって、彼女の稚拙さを責める気にはならない。

ただ一方で、こちらは千咲と佳奈恵と二度ずつセックスをしており、多少なりとも精神的に余裕があった。それだけに、同期生の行為の単調さをどうにかしたい、という思いを抑えられない。

「陽奈ちゃん、先っぽばっかりじゃなくて、カリとか竿のほうも舐めてくれる？」

「ふはっ。えっ？　あっ。は、はい。すみません」

　こちらのリクエストに対し、舌を離した陽奈が困惑の声をあげつつ謝罪する。

「謝らなくてもいいよ。僕も、最初は頭が真っ白になったし。指示を出してあげるから、頑張ってしてくれる？」

「は、はい。それじゃあ……レロロ……ンロ、ンロ……」

　賢吾の言葉に、彼女は意を決したように頷き、それからペニスの最も太い部分に舌を這わせだした。

　すると、これまでとは異なる心地よさが肉茎からもたらされて、賢吾は危うく声を出しそうになったのを、どうにか堪えた。ここであまり気持ちよさそうにするのは、経験者としてのプライドにかかわる気がしてならない。

「ンロ、レロ……チロロ、ピチャ、ピチャ……」

　陽奈は、声を漏らしながらひとしきりカリを舐めると、手を少しズラして竿に舌を這わせてきた。そうして、肉棒をぎこちなくも丹念に舐め回す。

「ううっ。それっ、いいよっ、陽奈ちゃん！」

　もたらされた心地よさを堪えきれず、とうとう賢吾はそう口走っていた。

　もちろん、テクニックそのものは、まだまだ千咲や佳奈恵とは比較にならないくらい稚拙である。しかし、同い年の同期生が分身を初めて舐めているという興奮が、未熟さを補ってあまりあるような気がしてならない。

だが、舐めただけで「フェラチオをした」と思われるのも、いささか問題かもしれない。

「くうっ……じゃあ、次はチ×ポを咥えてくれる？」

「レロロ……ふはっ。く、咥え……こんなに大きいの、お口に入るでしょうか？」

こちらの指示に対して、同期生が舌を離すと、いきり立つ陰茎を見つめながら不安そうな声を漏らした。

実際、千咲ですら最初は根元まで咥えきれなかったのだから、初心者が無理をしたらどうなるか、想像に難くない。

「とりあえず、全部入れようとしなくていいよ。入るところまでして、厳しくなる手前でストップしてくれればいいから」

「……あ、はい。それなら……あーん」

賢吾が追加でアドバイスをすると、陽奈はようやく頷いて口を大きく開けた。そして、ゆっくりと亀頭を含んでいく。

（おおっ！　本当に、陽奈ちゃんの口に僕のチ×ポが……）

その光景を、賢吾は目を見開いて見つめていた。

まさか、彼女にこんなことをしてもらえる日が来るとは、未だに夢でも見ているような気がしてならなかった。だが、先端部から伝わってくる生温かな感触や、竿に感じる女性の手の感触が夢や妄想であるはずがない。

賢吾がそんな思いを抱いている間にも、陽奈はノロノロとペニスを口に入れていった。しかし、竿の半分にも達する前に、「んんっ」と苦しそうな声を漏らして、その動きを止めてしまう。

どうやら、今はまだこれくらいが限界らしい。

年上の二人と比べると、かなり浅い位置ではあるものの、初めての行為なのだから仕方があるまい。

「じゃあ、チ×ポに歯を立てないように気をつけながら、顔を動かしてくれる？」

「んっ。んぐ……んぐ……んむ……」

賢吾の指示に、同期生は素直に従って、ゆっくりしたストローク運動を開始した。

(くうっ。気持ちいい……けど、やっぱりぎこちないな)

彼女の行為に浸りつつも、賢吾はそんな不満を抱かずにはいられなかった。

千咲や佳奈恵とフェラチオを経験する前ならいざ知らず、今となっては陽奈の奉仕にいささか物足りなさは否めない。

もちろん、初めてなのだからやむを得ない、と割り切っているつもりだった。だが、早く射精したい気持ちはあるのに、もたらされる快感がそこに至らないもどかしさは、いつまでも許容できるものではない。

(どうしよう？　このままフェラを続けさせても……あっ、そうだ！)

新たな手を思いついた賢吾は、心の中で手を叩いていた。

「陽奈ちゃん？　チ×ポを口から出して」

そう指示を出すと、同期生が「ふはっ」と声を出しながら一物から口を離す。

「はぁ、はぁ……下手くそで、ごめんなさい」

賢吾が、イマイチ気持ちよくなっていなかったことに気付いていたのか、陽奈がなんとも申し訳なさそうに言う。

「いや、初めてのフェラなんだから仕方がないよ。で、代わりと言ったらなんだけど、次はオッパイでしてくれるかな？」

こちらのリクエストに、彼女が「えっ？」と目を丸くする。

「そう、パイズリ。分かる？」

「パイ……あっ、はい」

ようやく行為に思い至ったらしく、同期生が小さく頷いた。

彼女よりバストサイズがやや控えめな佳奈恵でも、ペニスをしっかり挟めたのだ。三人の中でもっとも胸の大きい陽奈ならば、余裕でできるに違いあるまい。

「でも、その……オッパイでなんて……さすがに、恥ずかしいです。その、他のことじゃ駄目ですか？」

巨乳の同期生が、困惑した様子でそう訊いてきた。

フェラチオはした割に、胸での奉仕には抵抗感があるようだ。

「んー……佳奈恵さんは、パイズリをしてくれたんだけど。陽奈ちゃんができないっていうんなら、フェラのままでいいかな？」

賢吾がわざとらしく言うと、陽奈は「えっ？」と意外そうな声をあげてこちらを見た。どうやら、既にそこまで経験しているとは思っていなかったのか、あるいはその可能性まで考える余裕がなかったらしい。

「佳奈恵さんって、内海さんがパイズリを……うう、分かりました。や、やります」

少し悩む素振りを見せたものの、同期生がとうとう意を決したようにそう応じた。

(やった！　やっぱり、陽奈ちゃんにはこういう言い方が効果的だったな)

狙ったとおりの反応に、賢吾は心の中で喜びの声をあげていた。

ゲームでもそうだが、彼女は普段の控えめな性格の割に、本質は意外と負けん気が強い。「他の女性がした行為」と言われると対抗心が刺激されて、自分ができないことが我慢ならなくなるのは、至極当然と言えるだろう。そこをあえて突いてみたのだが、予想どおりだったようだ。

賢吾は、パイズリをしやすいようにベッドから立ち上がった。すると、陽奈が跪いたまま身体を起こして乳房を一物に寄せてくる。だが、手は下げたままだ。

「手をオッパイの脇に添えて、チ×ポを挟み込んでくれる？」

と指示を出すと、彼女は「あっ」と声をこぼして、慌てた様子で自分の胸に手を添えた。やはり、まだ初めての行為に緊張して、思考が充分には働いていないらしい。

同期生は、恐る恐る肉棒を谷間に納めると、手に力を入れてバストを寄せた。そうして、陰茎をスッポリと包み込む。

途端に、得も言われぬ心地よい性電気が脊髄を伝って脳天まで貫き、賢吾は「くはあっ！」と声をあげてのけ反っていた。

柔らかくも弾力のある感触に、分身全体をやんわりと包まれる気持ちよさは、佳奈恵で経験して分かったつもりでいた。だが、陽奈の巨乳でされた感覚というのは、またひと味違うものに思える。

もちろん、美人漫画家のふくらみも気持ちよかったのだが、大きさや柔らかさの違いもあって、同じ部位でありながら別物のように感じられた。もっとも、その差は種類の違う高級メロンを食べ比べてどちらが美味しいかを論じるようなもので、比較に意味があるとは思えないのだが。

「じゃあ、手でオッパイを動かして。あ、交互にしたり、左右を一緒に動かしたりって感じで、動きに変化をつけてみてね？」

賢吾がアドバイスをすると、陽奈は「は、はい」と緊張した面持ちで応じた。そして、交互に手を動かしてバストの内側で肉棒をしごきだす。

「くっ。ちょっと待った、陽奈ちゃん」

彼女がパイズリをしだしたのと同時に、佳奈恵にされたときにはなかった痛みに近い感覚がもたらされ、賢吾は慌ててそう口にした。

「んっ。あ、あの、もしかして駄目でしたか？」

手を止めた陽奈が、なんとも不安そうに訊いてくる。

「駄目って言うか、チ×ポになんかちょっと痛みが。なんで……あっ、そうか。きっと唾液が足りてないんだ。陽奈ちゃん、涎をチ×ポに垂らしてくれるかな？　そうしたら、潤滑油になるから」

原因に思い当たった賢吾は、そう追加の指示を出した。

さすがに、同期生の稚拙なフェラチオでまぶされた程度の唾液の量では、潤滑油としてはまだ足りなかったのだろう。ましてや、美人エロ漫画家もパイズリをするとき、唾液を垂らしていたのだ。そのことを忘れていたのは、こちらも興奮で頭の働きが鈍っているからかもしれない。

「涎を……はい。んっ……」

と、陽奈が口に唾液を溜めだした。そして、おっかなびっくりという様子で亀頭にトロリと垂らす。

先端に生温かな液が先っぽに当たると、それだけで心地よさがもたらされた。そうして、液体が胸の内側に垂れていくのを竿で感じるのも、なかなか興奮を煽る。

「ううっ。じゃあ、涎をチ×ポに塗りつけるみたいに、手を動かしみて」

そう指示を出すと、彼女はすぐに言われたとおり交互にふくらみを動かし始めた。

その動きは、確かに竿に唾液をまぶそうとしている感じで、擦られるたびにヌチュヌチュという音がしている。

「ああ、すごくいいっ！　くううっ！」

今度は、ペニスから快電流だけがもたらされて、賢吾はそう口にしていた。

「んっ、よかったです。んっ、むふっ、んっ、んふっ……」

こちらが快感を得ているのを知って安心したらしく、陽奈がそんなことを言って行為に熱を込める。

（ああ、気持ちよくて……やっぱり、陽奈ちゃんの場合はフェラチオよりもパイズリのほうが、動きがスムーズだな）

賢吾は、胸での奉仕を続ける彼女を見下ろしながら、そんな感想を抱いていた。

千咲と佳奈恵によると、賢吾の肉棒はかなり大きいらしい。そのため、初心者がフェラチオをするには少々厳しいものがあったのだろう。だが、パイズリならば、ましてや同期生の巨乳ならば、一物のサイズで困る心配はまずない。

「んっ、んっ……んしょ、んんっ……」

陽奈は、声を漏らしながら手を交互に動かしていた。そして、続いて両方の手の動きを合わせて陰茎を擦るようにしごきだす。

その変化でもたらされた心地よさに、賢吾は「ふおおっ！」と素っ頓狂な声をこぼしていた。

（あっ、ヤバイ。もう出そうだ！）

パイズリで生じた甘美な刺激に、そんな危機感が急速に湧き上がる。

ただでさえ、自分が女性をリードするという初めての経験に興奮を覚えていたところに、陽奈の初フェラチオと初パイズリだ。その昂りは、自身で思っていた以上に大きかったらしく、込み上げてきたものをまるで抑えられない。

本来なら、身体を揺すっての奉仕までさせてみたかったが、さすがにそこまでの余裕はなさそうだ。

「くうっ！　陽奈ちゃん、出る！」

どうにかそう口走るなり、賢吾は暴発気味に彼女の顔にスペルマをぶっかけていた。

「ひゃあんっ！　なんか、熱いの出ましたぁ！」

驚きの声をあげ、陽奈が胸から手を離し、一物を谷間から解放する。

すると、支えを失ったペニスから弧を描いて飛び出した精液が、彼女の頭から胸、さらに下半身まで降り注ぐ。

そうして、呆然と白濁のシャワーを浴びる同期生の姿を、賢吾も放心しながら眺めていた。

4

「け、賢吾さん？　本当に、その体位でするんですか？」

再びベッドの縁《ふち》に座った賢吾に対し、正面にいる陽奈が困惑の声をあげる。

「うん。正常位や後背位だと、僕が我慢できなくて乱暴にしちゃいそうだし、騎乗位は陽奈ちゃんが恥ずかしいんでしょう？　だったら、対面座位がいいかなと思ったんだけど？」

腰が引けた様子の彼女に、賢吾はそう応じた。

同期生の顔や身体に付着した精液を、ティッシュで大雑把に処理し、いざ挿入となったとき、二人は体位で思いがけず悩む羽目になったのである。

こちらとしては、ようやくまともに彼女と一つになれるのだから、できるだけ優しくしてあげたいが、同時になるべく密着したいという願望を持っていた。

一方、陽奈のほうは暗がりとはいえ賢吾と目を合わせるのが恥ずかしく、正常位や対面騎乗位は避けたいという。かといって、背面騎乗位も自分が腰を振る姿が男性から丸見えになって、まだ気恥ずかしいとのことだ。

そうなると、対面座位がお互いの要望を叶えたものではないか、と賢吾は考えたのだった。

何しろ、これなら彼女が賢吾に抱きつけば視線を合わせずに済み、こちらは陽奈と密着できる。まさに、ウィンウィンの体位と言えるだろう。

それに、対面座位ならば基本的に女性が主体的に動く。そのため、初体験ではピストン運動まで経験できなかった陽奈も、まずは自分のペースで快感を得られるはずだ。

「うう……分かりましたぁ」

他の選択肢がないと悟ったのか、躊躇した末に巨乳同期生がとうとうそう言って、ベッドに乗ってまたがってきた。そして、怖ず怖ずと唾液まみれの一物を握り、秘裂と先端部の位置を合わせる。

「そ、それじゃあ、挿れます」

緊張した面持ちで言うと、彼女はゆっくりと腰を下ろしだした。

「んんーっ！　入って……きましたぁ！　んくうううっ！」

挿入と同時に、陽奈が甲高い声を漏らす。

それでも、同期生は腰を沈めるのをやめようとはしなかった。そして、とうとう最深部に到達したところで、「はあんっ！」とおとがいを反らして声をあげ、その動きを止める。

それから彼女は、グッタリとするように賢吾に抱きついてきた。

「んはああ……賢吾さんの、お、オチ×チン……奥まで入っていますぅ。わたしの中、賢吾さんので広げられて、いっぱいになっていてぇ……」

弱々しい声で、陽奈がそんなことを口走る。

千咲や佳奈恵よりも苦しそうなのは、挿入されたモノへの違和感が拭えていないからだろうか？

（くうっ。やっぱり、抱きつかれるとオッパイが胸に押しつけられて、すごく気持ちいい！　それに、陽奈ちゃんのオマ×コ、チ×ポを締めつけてきて……）

賢吾のほうは、同期生の肉体の感触にすっかり浸りきっていた。

初体験のときは、即射精でじっくり膣内を味わう余裕がまったくなかったのだが、今ははっきりと感じられる。

まだ、インサートが二度目だからだろうか、彼女の膣道は年上の二人よりも明らかに狭く、ペニスを締めつけていた。しかし、それがむしろ一物に適度な心地よさをもたらしてくれている気がする。

膣肉そのものの感触としては、絡みつくような千咲の中に近いが、締めつけが強めなぶん佳奈恵のように分身に吸いついてくる感覚もある。

とにかく、こうしているとようやく陽奈と本当の意味で一つになった、と実感できて、なんとも言えない悦びを覚えずにはいられなかった。

(ううっ……早く動いて欲しいし、できれば僕が動きたいけど……)

膣とバストの感触、それに同期生の体温を感じていると、賢吾の中にそんな欲望が湧いてきた。これが、初めてや二回目くらいだったら、我慢しきれずに下から突き上げていたかもしれない。

だが、今の賢吾は千咲と佳奈恵との経験があるため、かろうじてだが欲求に負けない理性を保てていた。

(陽奈ちゃんは、実質的に初めてみたいなものだし、落ち着くのを待とう。でないと、ちゃんと気持ちよくなってくれない気がするし)

賢吾はそう考えて、彼女の背に手を回して抱きしめ、しばらくジッとしていることにした。

「んっ……賢吾さんのオチ×チン、すごく大きくて熱くてぇ……でも、中からあそこを押し広げられて、少し苦しいのに、なんだか安心する感じもしますぅ」

ややあって、陽奈が呟くようにそんな感想を口にした。

初体験のときは、破瓜の痛みのほうが強く、おまけにしっかり感じる前に賢吾が射精して抜いてしまったため、ペニスの感触がよく分からなかったのだろう。しかし、今は硬いモノの存在をはっきりと知覚しているようだ。

「陽奈ちゃん、動けそう？」

「んあ……は、はい。その、初めてするので、上手にはできないと思いますけど」

こちらの問いに、同期生がなんとも不安げに応じる。やはり、自ら腰を振ることにあまり自信がないらしい。

（ああ、そうだ。僕も千咲さんとして、初めて自分で動いたときは上手くできなかったっけ）

今さらのように、美人ＯＬとの行為を思い出すのと同時に、彼女からもらったアドバイスが心に甦った。

「陽奈ちゃん、動くときは腰を持ち上げようとしないで、押しつけることだけを意識するといいよ？」

「えっ？　そ、そうなんですか？　あっ。でも、確かに……」

こちらの言葉に、驚いた表情を浮かべた陽奈だったが、すぐに納得したような声をあげる。どうやら、それでも充分ピストン運動になる、と理解したらしい。

「じゃあ、試しにやってみようか？」

「は、はい。んっ、んっ、んっ……」

賢吾の指示を受けて、彼女は首に回した腕に力を込めると、腰を押しつける動きで小さな上下動を開始した。

「んっ、あっ、あんっ、これっ、あんっ、動きっ、ああっ、やすっ……んあっ、奥がっ、あうっ、突き上げっ、はううっ！　声っ、ああんっ、出ちゃいますぅ！　あんっ、はううっ……！」

たちまち、陽奈が愛らしい喘ぎ声を部屋に響かせ始めた。そうしながらも、彼女は抽送をやめようとしない。

もちろん、いきなり千咲や佳奈恵ほどスムーズな動きになるはずはなかった。しかし、初めてとしては充分にリズミカルに動けている、と言っていいだろう。

(それに、強く抱きつかれているから、陽奈ちゃんをもっと感じられて……ああ、すごく幸せだよ！)

という思いが、賢吾の中に湧き上がってくる。

「んはっ、ああっ、もうっ！　あんっ、声っ、あううっ、我慢っ、はああっ、できなくてぇ！　あむっ」

抽送を続けながら、そんなことを口にした陽奈が、賢吾の肩に噛みつくようにしゃぶりついた。いわゆる、甘噛みに近い行為と言える。

なるほど、こうして口を塞いでしまえば、大声を出さずに済む。

「んっ、んむっ、んんっ、んむむぅっ……！」

声を殺したからか、同期生の腰の動きは次第に大胆になってきた。おそらく、抽送に慣れてきたおかげで、さらなる快楽を求める本能に抗えなくなったのだろう。

（くうっ。歯は立ててないけど、そんなに強くしゃぶりつかれたら、肩にキスマークみたいな痕《あと》がついちゃうかも？）

とはいえ、彼女に所有印をつけられているようで、それはそれで悪くないという気もする。

そんなことを考えているうちに、賢吾の中に自分で動きたい、という衝動が湧き上がってきた。本来なら、もっと陽奈に任せていたかったのだが、射精を求める牡の本能の高まりを抑え続けるのは難しい。

そのため、賢吾は彼女の腰を抱えるように手を回し直すと、ベッドの弾力を利用して突き上げるように動きだした。

「んんーっ！　ふはっ、ああんっ、それぇ！　あうっ、すごっ！　ひゃうっ、声っ、

「ああっ、声がぁ！　はうっ、あああっ……！」

たちまち、口を離して陽奈が大声で喘ぎだす。どうやら、肩に噛みついている余裕もないくらい、大きな快感を得ているらしい。

「陽奈ちゃん、キスで口を塞ごう」

賢吾が、抽送を続けつつそう声をかけると、彼女はすぐに唇を重ねてきた。そして、首に巻き付けた腕に力を込めて、なおいっそう身体を密着させてくる。

「んんっ！　んっ、んむっ、んっ、んじゅっ、んむうっ……！」

大声が出なくなって安心したのだろうか、陽奈はくぐもった喘ぎ声を遠慮なくこぼし始めた。

さらに、こちらの動きに合わせて腰を小さくくねらせだす。これは、知識ではなく本能的にしているのかもしれない。

こうしていると、彼女の体温やふくらみの感触がますますはっきり感じられるようになり、文字通り「一つになっている」ことを実感できる気がする。

（くうっ！　陽奈ちゃんの中、だんだん蠢きが強まって……）

ピストン運動を続けているうちに、賢吾は同期生の膣内の動きに変化が生じだしたことに気付いた。

ただでさえ狭い膣道が、肉棒への締めつけをさらに強めている。そのため、ウネウネとした膣肉の動きがいっそうしっかりと感じられるようになった。いや、締めつけだけでなく、痙攣《けいれん》でも起こしているかのように内部の蠢きがより増しているのは間違いない。

「んっ、んっ、んむっ、んんっ……！」

陽奈のくぐもった喘ぎ声にも、どこか切羽詰まった様子が感じられる。

膣道のこの反応や声の状況から見て、彼女が間もなくエクスタシーを迎えるのは間違いあるまい。

（こっちも、そろそろ……抜かなきゃ）

とは思ったものの、首をしっかりホールドされた状態でキスをしているため、唇を振り払って声を出すのも難しい。

（ど、どうしたら……くうっ！）

賢吾が、抜く手立てを考えようとしたとき、同期生の内部の蠢きがさらに増した。ペニスを絞るように、強く絡みついてきた肉壁の感触の心地よさは、牡の限界を打ち崩すには充分すぎるものと言える。

賢吾は、「んんっ！」と呻くなり動きを止め、彼女の子宮にスペルマを注ぎ込んでいた。

「んむううっ！　んんんんんんんんっ!!」

途端に、陽奈も目を見開き、身体を強張らせながらくぐもった絶頂の声を室内に響かせた。

5

射精を終えた賢吾は、グッタリと虚脱した同期生から一物を抜いた。そして、ベッドに仰向けに寝かせる。

部屋を暗くしているとはいえ、もう目が慣れたため陽奈の裸体ははっきりと見えている。

愛らしい美貌、やや小柄な身体、仰向けになっても存在感のあるバスト、細いウエスト、ふくよかな腰回り。さらに、淡い恥毛に覆われ、白濁液を垂らしている秘部。

それらを見ているだけで、大量に精を出した直後だというのに、新たな情欲が湧いてきてしまう。

既に二度、射精しているのだが、まだまだ巨乳の同期生と繋がっていたい、彼女の肉体を貪りたい、という欲望がフツフツと込み上げてきて、一物が萎《な》える気配がまったくない。

（だけど、陽奈ちゃんは実質初めてだったわけだし、ほとんど休みなく二回戦なんて、かなり負担なんじゃや……？）

そう考えると、「もっと陽奈ちゃんとエッチしたい」と口にするのは、少々気が引けてしまう。

すると、同期生が目を開けてこちらを見た。

「んあ、賢吾さぁん……あっ、オチ×チンがまだ大きいままでぇ……もしかして、し足りませんでしたかぁ？」

朦朧としているらしく間延びした声で、彼女がそんな指摘をしてくる。

「えっと……うん。でも、陽奈ちゃんが嫌なら我慢するよ。僕のワガママで、負担をかけたくないし」

「あっ、その、嫌、じゃないです……すごく気持ちよくなれて、あの、今ももっとしたいって思っていますから」

こちらの言葉に対し、陽奈が気怠《けだる》そうな様子ながらも、はっきりとそう応じた。どうやら、彼女も一度や二度の絶頂では満足していなかったらしい。

「本当に？　じゃあ、するよ？」

と声をかけると、巨乳同期生がしっかりと頷く。

もしかしたら、こちらに気を使って無理をしているのではないか、という危惧《きぐ》もあった。だが、ここまで覚悟を示されたら、逆にしないほうが失礼だろう。

そこで賢吾は、彼女の脚を割り広げて間に入った。そうして秘裂を見ると、蜜に混じって白濁液がまだこぼれているのが目に飛び込んでくる。

その光景を目の当たりにすると、中出ししたことを実感せずにはいられない。

ただ、同時に女性を征服したような満足感も湧いてくるのは、牡の性《さが》のようなものなのだろうか？

そんなことを思いつつ、精液と愛液にまみれたペニスを握って、先端を割れ目にあてがう。

が、そこで同期生の顔を見た途端、不意に初体験の失態が賢吾の心に甦ってきた。

佳奈恵と正常位をして、トラウマを完全に払拭できたと思っていたが、やはり当人と失敗した体位でするとなると、まだ一抹の不安が湧いてくるのは抑えられない。

（……いや、きっと大丈夫だ。もう二回出しているし、佳奈恵さんとはちゃんとできたんだから。正常位をしても、今さらでもあんな惨めなことにはならないさ）

そう思い直して、賢吾は肉棒を彼女に一気に挿入した。

「んあああっ！　また、入ってきましたぁ！　んんんんっ！」

甲高い喜びの声をあげた陽奈だったが、すぐに唇を嚙んで声を抑える。

そうして奥まで挿入すると、賢吾はいったん動きを止めた。

初めてのときは、ここで暴発してしまったが、やはり今回は充分に余裕がある。これで、ようやく初体験のトラウマを完璧に克服できた気がしてならない。

そんな思いが湧いてくると、自然に胸が熱くなる。

同時に、今度は昂る心のままに同期生の中を味わいたいという衝動が、心の奥底から込み上げてきた。

「陽奈ちゃん、動いていい？」

「あ、はい。賢吾さんのしたいようにして……ください」

こちらの問いに、陽奈が恥ずかしそうにしながらも、そう応じて頷く。

そこで賢吾は、同期生の腰を持ち上げると、押しつけるような動きでの抽送を開始した。

「はあんっ、あっあんっ！　んっ、んんっ、んむっ、んっ、んっ……！」

たちまち、甲高い声をあげた陽奈だったが、すぐに手で口を塞ぎ、くぐもった喘ぎ声をこぼしだす。さらに、ピストン運動のたび動きに合わせて、彼女の大きなバストがタプタプと音を立てて揺れる。

そうして、巨乳を揺らしながら声を抑えて喘ぐ同期生の姿が、なんとも愛おしく、またエロティックに見えてならない。

だが、賢吾は欲望をどうにか抑え込んで、優しめの抽送を続けた。

「んっ、んんっ、んむっ、むふうっ！　んんっ、んむむっ……」

陽奈は、こちらの動きに合わせて、ひたすらくぐもった喘ぎ声をこぼしていた。先ほど達したばかりだからなのか、小さなピストン運動でも反応がなかなかいいように見受けられる。

とはいえ、セックス慣れしていない女性が、絶頂直後の行為で本当に気持ちよくなれるのか、という点に、イマイチ自信が持てない。

そのため賢吾は、いったん動きを止めた。

「んんっ……ふはっ。はぁ、はぁ、どうしたんですか？」

手を口から離し、やや息を切らした陽奈がそう問いかけてくる。

「うん。えっと、陽奈ちゃんが本当に気持ちよくなっているのかなって気になって」

「それは、その、もちろん……ついさっきイッたばかりなので、身体がすごく敏感になっている感じがしますから」

　こちらの不安に対し、巨乳同期生がそう応じた。どうやら、抱いていた心配は杞憂だったらしい。

　とはいえ、そうと分かると結合の昂りもあって、せっかくならこの状況をもう少し楽しみたい、という思いも湧いてきてしまう。

「じゃあさ、陽奈ちゃんは僕にどうして欲しい？」

　賢吾がそう訊くと、彼女は目を大きく見開いた。

「えっ？　そ、そんなの、口にするのは恥ずかしいです」

「僕は、ちゃんと言って欲しいんだけどなぁ。でないと、今の感じで動き続けるか、と大きくしたほうがいいか、判断がつかないし」

　リクエストを躊躇する陽奈に、賢吾はそう言っていた。

　我ながら少々意地悪だ、とは思ったが、巨乳同期生はゲーム内と違ってリアルでの自己表現が乏しい。先ほどは、自分の秘部に賢吾の手を誘導するなど大胆な一面を垣間見せたものの、彼女にはもっと己の素直な気持ちを口にして欲しかった。

　ここで自分がして欲しいことを口にするのは、そのための一歩になる気がしている。

　そんな賢吾の気持ちを知ってか知らずか、陽奈はやや躊躇ってから遠慮がちに口を開いた。

「うう……えっと、もっ、あの、大きくして欲しい……です。さっきくらいの動きもよかったんですけど、その、もどかしさみたいなのも感じていたので……ああっ、こんなことを言うなんて、恥ずかしいです！」

と、陽奈が真っ赤になった顔を両手で覆う。

奥手な彼女にとっては、このようなことを男に伝えるのも相当に勇気がいることだったのに違いあるまい。

「じゃあ、動くよ？　今度は、して欲しいことがあったら、ちゃんと言ってね？」

そう声をかけて、賢吾はリクエストどおりに先ほどより強めの抽送を開始した。

「んああっ！　これぇ！　あんっ、あふうっ！　んっ、んんっ……！」

大声で喘いだ巨乳同期生が、顔を覆っていた手をすぐに口元にズラして声をなんとか抑え込む。

ただ、そんな姿がなんとも劣情を刺激してやまない。

それに、ピストン運動が大きくなるとバストの揺れも合わせて激しくなり、その光景がいっそうの興奮を煽る。

しかし、賢吾は乱暴にし過ぎないように意識しながら、ひたすら腰を動かし続けた。

（ああ、陽奈ちゃんのオマ×コが、チ×ポをウネウネと締めつけて……すごく気持ちいい！）

抽送を続けながら、賢吾はペニスからもたらされる心地よさに酔いしれていた。

小柄な同期生の膣肉は、先ほどよりも蠢きが増しており、動くたびに甘美な性電気が脳に流れこんでくる。その快感は、自慰など比較にならないと言っていいだろう。

それに何より、小柄な同期生と思いを通わせて一つになっている幸福感が、気持ちよさを増幅している気がしてならない。

「んんっ！　んっ、んむっ、んあぁっ、オッパイぃぃ！　あんっ、オッパイもっ、はううっ、揉んでくださぁい！　ああっ、切なくてっ、んはあっ、おかしくなりそうですぅ！　んむっ、んっ、んんんっ……！」

少しして、陽奈がいったん手を口から離してそうねだってから、また手で声を殺した。どうやら、大きな胸にも疼きを感じるようになっているらしい。

しかし、そんな彼女の態度が男心をいっそう掻き立てる。

（くうっ！　こっちも、もう我慢できない！）

いよいよ、荒ぶる牡の本能を抑えきれなくなった賢吾は、腰から手を離すと二つのふくらみを両手で鷲掴みにした。そして、力任せに乳房を揉みしだきながら、荒々しい抽送を続ける。

「んんーっ！　んっ、んぶっ、んんっ、んぐっ、んんんっ……！」

たちまち、陽奈の表情が苦しげに歪《ゆが》んだ。

しかし、ペニスを締めつけている膣肉の蠢きが増しているところから考えて、これは苦痛ではなく快感が強すぎて脳内で処理しきれず、声を抑えるだけで精一杯になっているだけだろう。

（くううっ！　陽奈ちゃんのオッパイとオマ×コ、最高すぎて……ずっと、こうしていたいよ！）

ピストン運動を続けるうちに、賢吾の中にそんな思いが湧き上がってきた。

だが、快楽が大きいほど射精感が早まるのは、当然の成り行きと言える。

立て続けなのに我ながら早い、とは思ったものの、それだけ同期生の肉体が絶品なのだから仕方があるまい。

「んんんっ！　んんっ、んむっ、んぐっ、んぶっ……！」

陽奈のくぐもった喘ぎ声にも、切羽詰まった様子が感じられるようになってきた。

それに合わせて、膣肉の収縮も始まる。

彼女もエクスタシーを迎えそうなのは、もはや疑いの余地もない。

（くっ、そろそろ……どうしよう？　もう、中に出しちゃっているけど、また中出ししていいのかな？）

賢吾が、そんな躊躇の気持ちを抱いたとき、こちらの思考を察したように陽奈が両脚を腰に絡みつけてきた。

こうされると、女性側の望みが否応なく伝わってくる。

（えぇい！　これで無理に抜いたら、男が廃るってもんだ！）

そう割り切った賢吾は、手をバストから離して、再び同期生のウエストを摑むと、いよいよ本能のままに腰を荒々しく振りだした。

「んーっ！　んぐっ、んむっ、んんっ、ふはあっ、イキますぅぅぅ！　んむぅぅぅぅぅぅぅぅっ!!」

一瞬、手を口から離して絶頂を訴えた陽奈が、くぐもった長い声を室内に響かせながら、おとがいを反らして身体を強張らせる。

同時に、膣肉が激しく収縮し、その蠢きで限界に達した賢吾は、「くうっ」と呻くなり彼女の中に出来たてのスペルマを注ぎ込んでいた。

6

四月に入り、大学の新学期まであと数日に迫った土曜日の夜。

賢吾は、いつものように夕飯を作り、佳奈恵の部屋へと向かっていた。

普段なら、陽奈の部屋に寄ったあとに行くのだが、今日は美人漫画家がＳＮＳで「先にウチに来て」とリクエストしてきたのである。

（いったい、どうしたんだろう？　エッチの誘いなら、陽奈ちゃんの部屋に行ったあとに呼ぶだろうし……）

そんな疑問はあったが、あれこれ考えても答えは見つかるはずもない。

結局、賢吾は頭にクエスチョンマークを浮かべたまま三〇五号室の前に来ると、いつものようにＩＣカードで鍵を開けて中に入った。そして、玄関を上がってドアを開け、リビングダイニングへと足を踏み入れる。

だが、そうしてソファのほうに目を向けた瞬間、賢吾は驚きのあまり目を丸くして、その場に立ち尽くしていた。

何しろ、そこには部屋の主の佳奈恵はもちろん、陽奈と千咲までいたのである。

「賢吾くん、いらっしゃい」

「賢吾、やっと来たわね？」

「えっと……賢吾さん、こんばんは」

こちらを見ると、三人がそれぞれに声をかけてくる。

そこで賢吾も、ようやく我に返った。

「あっ……あ、あの、これはいったい？」

「ふふっ、やっぱりビックリしたみたいだね？　実はあたしたち、ちょっと前から賢吾に内緒で連絡を取り合っていたんだ。それで、今日はあたしが休みだし、陽奈ちゃんも予定はないっていうし、佳奈恵さんも少し時間ができたからって、こうして集まったわけ」

と、千咲がしてやったりという表情を浮かべながら言う。

三人と肉体関係を持ったことは、さすがに黙っていられず、それぞれに話はしてあった。が、連絡を取り合う仲になっているというのは予想外である。それだけに、全員がこの場に顔を揃えている事態は、完全に意表を突かれた感があった。

「……あの、それで、どうしてみんなが集まって……？」

「端的に言えばぁ、これからの賢吾くんとの関係について、メールやＬＩ○Ｅじゃなく、じかに顔を合わせて話したほうがいいと思ったからかしらねぇ」

今度は、佳奈恵が笑みを浮かべたまま答える。

「これからの、僕との関係……？」

美人漫画家の言葉に、賢吾は息を呑んでいた。

正直なところ、自分でもいずれは結論を出さなくてはならない、と思っていたことではある。

しかし、賢吾は陽奈と二度目のセックスをしてからも、誰を選ぶべきか決められないまま三人に食事を作り、そのお礼という名目で身体を重ねる、という関係をズルズルと続けていた。

（あっ。そういえば陽奈ちゃんと二回目をしてちょっとしてから、みんなのほうから順番に迫ってくるようになったかも？　あの頃から、連絡を取り合うようになっていたのかな？）

おそらく、この推測は間違いではあるまい。彼女たちは密かに連絡を取り、賢吾とセックスをする順番などについて、あらかじめ打ち合わせていたのだろう。

先ほどの話から察するに、ここまで三人が揃って動かなかったのは、ＯＬの千咲が土日以外は仕事で多忙なことと、佳奈恵の手が空く日は原稿の進捗《しんちょく》次第で曜日に関係がない、という事情があったのに違いあるまい。

そして今日、すべてのタイミングが合ったために集まったらしい。

(だけど、もしもこの場で誰かを選べって言われたとしても……)

賢吾は、そんな躊躇いを抱かずにはいられなかった。

普通に考えれば、初体験の相手であり同期生の陽奈を選ぶのが、自然な流れかもしれない。しかし、意外なくらい世話好きで、一度は失ったセックスへの自信を取り戻させてくれた千咲も、清楚そうな見た目に反してエッチ好きな、そして敬愛するエロ漫画家の佳奈恵も、あっさり別れるにはそれぞれ魅力がありすぎた。

少なくとも、今の段階で一人を選択しなくてはならなくなったら、誰を選んでも後悔してしまいそうな気がしてならない。

すると、こちらの不安を察したのか、千咲が意味深な笑みを浮かべて口を開いた。

「賢吾が誰も選べなくなっているっていうのは、陽奈から聞いて知っているよ。そもそも、あたしたちだってキミと別れたら、食事や掃除をどうするのかっていう大きな問題があるし」

その美人ＯＬの言葉に、陽奈と佳奈恵も大きく頷く。

確かに、今や賢吾は彼女たちの世話をするのが当然になっていた。逆に言えば、三人も賢吾がいるおかげでまともな生活ができているのである。いなくなれば、以前の不摂生な生活に逆戻りするのは間違いあるまい。

ただ、いくらお金をもらっているとはいえ、別れを選択した相手に対して、それ以前のように食事の用意や掃除だけをし続けられるだろうか？

少なくとも、賢吾にはそこまで割り切れそうになかった。したがって、別れるなら各種の世話も終わりにせざるを得まい。

「わたしたち、もうすっかり餌づけされているからぁ、賢吾くんのご飯じゃなきゃ満足できなくなっているのよねぇ。それに、子宮まで餌づけされちゃったしぃ」

「そうなんだよねぇ。あたしの経験から言っても、賢吾以上のチン×ンを持つ男なんて、そうそういないと思うんだ。しかも、家事が完璧な男となったら、ねぇ？」

悪戯《いたずら》っぽい笑みを浮かべながら、佳奈恵と千咲が言う。

「わ、わたしは賢吾さんしか知らないので……でも、賢吾さんのご飯を食べられないとか、エッチできなくなるとか……考えたくないです」

エロ漫画家と美人ＯＬのあけすけな言葉に、陽奈が顔を赤らめながら賛意を示す。

「だけど、それじゃあどうしてみんな揃って……？」

と、賢吾は疑問をぶつけていた。

この場で誰かを選べと迫られるならまだしも、そうでないのなら何故こうして集まっているのだろうか？

すると、三人が目配せをして立ち上がった。そして、賢吾のほうに近づいてくる。

「それはねぇ……こうするためよぉ」

とエロ漫画家が言うと、正面から陽奈が、千咲と佳奈恵が両脇から身体を押しつけてきた。

突然のことに、賢吾は「えっ!?」と素っ頓狂な声をあげていた。

「賢吾は、まだ誰かを選べないし、あたしたちもキミを諦める気はない。だったら、結論が出るまでみんなで愛し合おうって、三人で決めたのよ」

美人ＯＬの言葉に、陽奈と佳奈恵も頷く。

（な、なんなんだ、その結論は？）

まさか、彼女たちがこの半端な状態を受け入れるとは、思いもよらなかった事態である。もっとも、それくらい各々が賢吾の食事とペニスを気に入ってしまった、ということなのだろうが。

（だけど、それでいいのか？）

そんな疑問は、どうしても拭いきれない。

すると、小柄な陽奈が背伸びをして顔を近づけてきた。そして、「んちゅっ」と声をこぼしつつ唇を重ねてくる。

さらに、千咲と佳奈恵が摑んだ腕を胸の谷間に挟んで、ブラジャー越しに擦りつけだす。

「んっ……んむ、んじゅぶ……」

「賢吾ぉ。みんなで、愛し合おうねぇ。んっ、んふっ……」

「賢吾くぅん。いっぱい、気持ちよくなってぇ。んっ、んっ、んしょっ……」

(う、うわっ！　これは……)

口と両腕から、それぞれに異なる心地よさが一度にもたらされ、賢吾は心の中で焦りの声をあげていた。

唇はもちろんだが、まだ服を着ているとはいえ両腕にしっかり押しつけられた計四つふくらみからは、ブラジャーとその奥の柔らかな感触が伝わってくる。それが、生で触れるのとは異なる興奮をもたらしてくれる気がした。

(ああっ！　こんなことをされたら、僕も我慢できなく……)

三人の行為によって生じた圧倒的な気持ちよさを前に、賢吾の思考回路はたちまちショートしてしまうのだった。

エピローグ

（……そして、結局はこんな関係がもう一ヶ月くらい続いているわけだけど……）

「んっ。レロ、レロ……」

「ピチャ、ピチャ、チロロ……」

「レロロ……ンロ、チロ……」

リビングのソファに座って回想を終えた賢吾の足下では、いつの間にか下着姿になった千咲と佳奈恵と陽奈が跪き、露出させたペニスに思い思いに舌を這わせていた。

三人の美女は、こちらが過去の出来事に思いを馳せている間に服を脱ぎ、勃起した肉茎をズボンから取り出して、トリプルフェラをし始めたのである。

「くうっ、三人とも……うはあっ！」

分身からもたらされる鮮烈な性電気に脳を灼かれた賢吾は、おとがいを反らして喘ぐことしかできなかった。

トリプルフェラは、これで何回目かになるものの、この快感にはまるで慣れることがない。とにかく、三枚の舌によって生じる快電流が一本の竿からまとめて脳に送りこまれてくるため、心地よさを処理しきれないのだ。

今日は、三人から「みんなで愛し合いましょう」と提案されて一ヶ月ほど経った、ゴールデンウィークの後半三連休の初日である。

陽奈と千咲はそもそも休日だが、佳奈恵はつい先ほどまで原稿の追い込みで、かなり無理をしたようだった。もっとも、それも「今夜のスケジュールを空けるため」だそうである。それほどまでに、賢吾との行為を楽しみにしていたらしい。

このようなことを言われてしまうと、夕飯の用意から食器の片付けまで済ませて疲れがあっても、彼女たちからの誘いを拒むのは難しい。

(それにしても、いつの間にか4Pにも慣れてきちゃったよなぁ……)

快感に浸りながら、賢吾の脳裏にそんな思いがよぎった。

最初は、四人ですることに抵抗があったのだが、二度三度と機会があるうちに、いつしかこうするのが当然のように感じられるようになってしまったのだ。慣れとは恐ろしい、と思わずにはいられない。

「レロ、レロ……んはっ。賢吾のチン×ン、やっぱり素敵だよぉ」

「チロロ……そうねぇ。このオチ×ポの味と大きさに、もう染められてしまった気がするわぁ」

「ンロロ……ふはあ。わたし、ご飯もですけど、オチ×チンでも賢吾さんに餌づけされちゃいましたぁ」

三人が、口々にそんなことを言う。

(餌づけか……)

既に何度か耳にしているワードだが、こうして改めて言われると自分でも同意せざるを得ない。

新学期が始まってからも、彼女たちへの食事作りは続けており、朝食と夕食は基本的には春休みのときと同じ流れで作っていた。

ただし、昼食は千咲に弁当を持たせているものの、陽奈には作っていない。何しろ、ボヤのトラウマで料理ができなくなったはずの巨乳同期生が、新学期から弁当を持っていくようになったら、彼女の友人たちがあれこれ詮索《せんさく》をするのは間違いないからである。

ましてや、賢吾は一年のときからほぼ弁当持参だったのだ。もしも、中身を見比べられたら、同一人物が作ったと分かってしまうだろう。かと言って、さすがに弁当を作り分ける手間をかける余裕はない。

陽奈も、大学で賢吾との関係を大っぴらにする気はないそうで、昼食は今までどおり学食に行っていた。しかし、「賢吾さんの料理に舌が慣れちゃって、平均点な学食の味では物足りなくなってしまいました」とは彼女の弁である。

千咲と佳奈恵も、すっかり舌が肥えたのか、たまに賢吾が大学の飲み会などで食事を作れないときにコンビニ弁当を食べても、もう満足できないそうだ。

まさに、餌づけが完了した状態と言えるかもしれない。

(でも、おかげでやっと、インターンシップで行きたいところが定まったからな)

今まで、賢吾は自分のやりたいことが分からず、インターンシップでどういう企業を選ぶべきか決めあぐねていた。

しかし、三人に料理を振る舞っているうちに、食品関係の企業への興味を抱くようになったのである。今でも、接客をする気にならないため外食産業は検討の対象外だが、料理の開発などであれば自分向きな気がする。もちろん、本当に向いているかは職業体験で確かめることになるのだが。

とにかく、今まで流されるように生きてきた自分が、目標を持って行動できるようになったのは、彼女たち三人のおかげと言えるだろう。

ちなみに、陽奈は新学期が始まってから、二年生のときより同性の友人たちと過ごす時間が増えたそうだ。また、友人たちからは、「なんだか明るく前向きになった」と言われているらしい。

そういえば、千咲たちと話すときもオドオドした感じがすっかりなくなっていた。おそらく、賢吾と何度も肉体関係を持ったことによって、色々なことに自信がついたのだろう。

ただ、そのせいなのか最近、同期生の男子には陽奈に熱い眼差しを向ける者が増えていた。

賢吾は、大学では二年生までと同じスタンスで、彼女に親しげに話しかけたりしないように気を付けている。しかし、肉体関係を持った巨乳同期生の魅力に多くの人が気付いたことが嬉しいような、自分以外の男には知られたくなかったような、複雑な心境にならざるを得なかった。まったく、我ながらワガママな気がしてならない。

なお、陽奈は「フリーダム・フロンティア」のプレイを続けていたが、大学が始まったこともあって、前のように寝食を惜しんでするということはなくなっていた。また、「卒業したら親の会社に入るといっても、その前にアルバイトくらい経験したほうがいいかも」とも口にするようになっていた。

そうした点も、彼女なりの成長と言えるだろう。

千咲は、あまり大きく変わっていないが、セックスを含めて私生活が充実したことで、仕事にますます熱が入るようになり、会社でも「すごく生き生きと仕事をしている」と言われているらしい。

ただ、弁当についてはさすがに「隣人の年下の男子に作ってもらっている」と言えず、会社では「健康を考えて自作するようになった」と嘘をついているそうだ。ところが、味に興味を示した後輩におかずを分けたところ、「美味しい！」と大騒ぎされて、すっかり「仕事が忙しいのに美味い料理も作れる女」と思われてしまった、とのことである。

おかげで、独身の男性社員たちからのアプローチが、このところやけに増えてきたそうだ。

もっとも、千咲からその話をされて、「どうしよう？」と泣きつかれたときは、賢吾も「自業自得でしょう」とバッサリ切って捨てたのだが。実際、弁当作りをやめる選択肢を美人ＯＬが否定した以上、あとは自力で解決してもらうしかあるまい。

そして佳奈恵は、連載漫画が相変わらず好調だった。特に、今月半ばに発売された号は、賢吾と肉体関係を持つようになってから描き上げた初めての回なのだが、「いつにも増してエロい」とネット上で評判になっている。

彼女にとって、賢吾との行為はちょうどいい取材になって、漫画にも好影響を与えているのは間違いあるまい。

また、なんでも数日前にアダルトアニメ化のオファーもあったそうで、「ちょっと保留にして、ＯＫするか思案中なのぉ」と言っていた。

まさに、今の佳奈恵は絶好調なのだが、「これも賢吾くんのおかげよぉ」と嬉しそうに言われたのが、いささかこそばゆく、しかし一ファンとして誇らしかった。

そこまで考えたとき、ペニスからの刺激が急に強まった。そのため、賢吾は「くうっ！」と呻いて我に返り、足下を見る。

すると、三人が舌を離してこちらを見つめていた。

「もう。賢吾ってば、何か余計なことを考えていたね？」

「わたしたちの奉仕じゃあ、もう物足りなくなったのかしらぁ？」

「わたし、もっと頑張るので、賢吾さんもいっぱい気持ちよくなってください」

千咲と佳奈恵と陽奈が、口々にそんなことを言う。

「す、すみません。その、つい……」

と謝罪しつつも、賢吾は困惑せずにいられなかった。

（本来なら、何度かエッチしているうちに、身体の相性や僕の気持ちがどう変化するか、様子を見るはずだったのに……こんなことをされていたら、ますます選びづらくなっちゃうよなぁ）

そもそも、彼女たちも既に賢吾から離れられないのではないだろうか？

本当に、三人の美女を食べ物で、さらにペニスでもすっかり餌づけしてしまった気がしてならない。

とはいえ、陽奈たちが今の状況を受け入れ、こちらとの関係の継続を望んでいるのも、紛れもない事実だった。むしろ、最近はわざわざ一人が選ばれないようにしているのではないか、という疑念すら抱いている。

「さて、カウパーは出ているし、そろそろ再開しようか？　レロ、レロ……」

「んふっ。賢吾くぅん、早くザーメンいっぱい出してぇ。ピチャ、ピチャ……」

「賢吾さん、わたしも精液をかけて欲しいですぅ……ンロ、ンロ、チロロ……」

千咲と佳奈恵と陽奈が、そう言って再び舌での奉仕をし始める。

「うあぁっ！　そ、それ……はううっ！」

強い刺激がもたらされ、賢吾はその心地よさに声をあげていた。

既に、先走りが出るほどに昂っていたこともあり、改めて三人に舐められると、腰のあたりに溜まっていた熱が、先端に向かって駆け上がっていくのを抑えられない。

(ううっ……こんなことが続いたら、就職どころか本当に専業主夫になっちゃう、いや、強引にされちゃいそうな気が……)

そんなことを漠然と思いながら、賢吾はいよいよ込み上げてきた射精感に、身を委ねるのだった。

(了)

※本作品はフィクションです。作品内に登場する
団体、人物、地域等は実在のものとは関係ありません。

ふしだら餌《え》づけマンション
〈書き下ろし長編官能小説〉
2024年3月18日初版第一刷発行

著者 ……………………………………………河里一伸
デザイン ………………………………………小林厚二
発行所 …………………………………株式会社竹書房
〒102-0075 東京都千代田区三番町8-1
三番町東急ビル6階
email: info@takeshobo.co.jp
竹書房ホームページ https://www.takeshobo.co.jp
印刷所……………………………中央精版印刷株式会社

定価はカバーに表示してあります。
落丁・乱丁があった場合は、furyo@takeshobo.co.jp までメールにてお問い合わせください。